PIGALLE

PIGALLE

ANDRÉ BUSHATSKY

Rio de Janeiro, 2024

Pigalle

Copyright © 2024 Faria e Silva.

Faria e Silva é uma empresa do Grupo Editorial Alta Books (STARLIN ALTA EDITORA E CONSULTORIA LTDA).

Copyright © 2024 by André Bushatsky.

ISBN: 978-65-6025-015-4

Impresso no Brasil — 1ª Edição, 2024 — Edição revisada conforme o Acordo Ortográfico da Língua Portuguesa de 2009.

Dados Internacionais de Catalogação na Publicação (CIP) de acordo com ISBD

B978p   Bushatsky, André
          Pigalle / André Bushatsky. - Rio de Janeiro : Alta Books, 2024.
          144 p. ; 13,7cm x 21cm.

          ISBN: 978-65-6025-015-4

          1. Literatura brasileira. I. Título.

2023-3599   CDD 869.8992
                                            CDU 821.134.3(81)

Elaborado por Odilio Hilario Moreira Junior - CRB-8/9949

Índice para catálogo sistemático:
1. Literatura brasileira 869.8992
2. Literatura brasileira 821.134.3(81)

Todos os direitos estão reservados e protegidos por Lei. Nenhuma parte deste livro, sem autorização prévia por escrito da editora, poderá ser reproduzida ou transmitida. A violação dos Direitos Autorais é crime estabelecido na Lei nº 9.610/98 e com punição de acordo com o artigo 184 do Código Penal.

A editora não se responsabiliza pelo conteúdo da obra, formulada exclusivamente pelo(s) autor(es).

Marcas Registradas: Todos os termos mencionados e reconhecidos como Marca Registrada e/ou Comercial são de responsabilidade de seus proprietários. A editora informa não estar associada a nenhum produto e/ou fornecedor apresentado no livro.

Erratas e arquivos de apoio: No site da editora relatamos, com a devida correção, qualquer erro encontrado em nossos livros, bem como disponibilizamos arquivos de apoio se aplicáveis à obra em questão.

Acesse o site www.altabooks.com.br e procure pelo título do livro desejado para ter acesso às erratas, aos arquivos de apoio e/ou a outros conteúdos aplicáveis à obra.

Suporte Técnico: A obra é comercializada na forma em que está, sem direito a suporte técnico ou orientação pessoal/exclusiva ao leitor.

A editora não se responsabiliza pela manutenção, atualização e idioma dos sites referidos pelos autores nesta obra.

Faria e Silva é uma Editoria do Grupo Editorial Alta Books

Produção Editorial: Grupo Editorial Alta Books.
Diretor Editorial: Anderson Vieira.
Editor: Rodrigo Faria e Silva
Vendas ao Governo: Cristiane Mutüs.
Gerência Comercial: Claudio Lima.
Gerência Marketing: Andréa Guatiello.

Produtora Editorial: Milena Soares
Revisão Gramatical: Denise Himpel, Wendy Campos.
Diagramação: Rita Motta.
Capa: Loren Bergantini.

Rua Viúva Cláudio, 291 — Bairro Industrial do Jacaré
CEP: 20.970-031 — Rio de Janeiro (RJ)
Tels.: (21) 3278-8069 / 3278-8419
www.altabooks.com.br — altabooks@altabooks.com.br
Ouvidoria: ouvidoria@altabooks.com.br

Editora
afiliada à:

Leia da esquerda para a direita.
Leia da direita para a esquerda.
Sabe por quê?
Porque não tenho certeza,
Se ouvi as narrativas,
Subindo, descendo,
À esquerda, à direita.
São fragmentos,
São migalhas e
Pelo vento
Chegaram ao meu ouvido.

PREFÁCIO

Escrever é fácil, difícil é tomar notas. É o que dizia — dizem — o jornalista Ivan Lessa, um dos criadores de *O Pasquim* e mestre das palavras. Mais ainda que escrever, tomar notas é um ato físico, quase fisiológico, que requer — para além das mãos — olhar, audição, tato, paladar, respiração... e pernas! Para quem ama as palavras, o deslocamento é a gênese de um turbilhão de universos notáveis — literalmente dignos de notas — mesmo que, por vezes, sempre em movimento, troque-se as pernas pelas nádegas, para cruzar o oceano na janelinha e se assentar prazenteiramente num observatório cósmico privilegiado — Pigalle, *pourquois pas*?

Foi no bairro boêmio de Paris, cintilante em néon e luz vermelha, entre moinhos mundanos e colinas sagradas, que o múltiplo — diretor, documentarista, produtor, roteirista, escritor — e incomum André Bushatsky se instalou em pleno isolamento da pandemia, bem acompanhado de companhias mitológicas — Picasso, Apollinaire, Hemingway, Van Gogh, Joséphine Baker, Paul Signac, Toulouse Lautrec, Ivan Turguêniev, tantos, aos pontapés e piruetas de cancan, solstícios festivos e a voz rasgada de Yvette Guilbert.

Por sorte de André, ele também esteve, e segue, por sorte maior, acompanhado da mulher amada. E, por sorte do leitor, fez-se acompanhar das notas viajantes que colheu, fiou, teceu e compôs. Se o confinamento da pandemia deteve deslocamentos e aproximações, não foi obstáculo à observação e à imaginação que resultaram neste livro.

Os apontamentos aqui registrados apontam em muitos sentidos e direções, prenhes de labirintos. São um caderno de viagem com olhar agudo para a excepcionalidade do banal e ternura para a comunhão de acontecimentos quase grandiosos que pipocam nas varandas vizinhas. Mas que também transbordam num diário de bordo onírico, a navegar por mundos reais e inventados, que conectam Paris e vielas brasileiras à jusante do Estige. E que mede e pesa o tempo do viajante em crônicas que germinam reflexões singularizadas por aforismos — *pigalleanos*, como se lerá — desdobrados em contos e embrulhados em memórias compartilhadas. Quer mais? Que tal o estalar da língua lavrando frases de filmes e cenas de livros — e vice-versa — enquanto saboreia inigualáveis iguarias? E também cartas — escritas e lidas por diferentes personagens — fragmentos e jogos, notícias recriadas e recreadas, rascunhos retalhados e palavras inéditas, planetas achados e perdidos, obeliscos e parafusos. E outra vez diários — dessas vezes de quem borda a bordo de si. E, na mistura desse entremeio, vozes plurais emboscadas na virada das páginas, desconcertando polifonias narrativas.

Quiçá há mais, também, ainda. *Qui sait*? O leitor, certamente, porventura, saberá, ao embarcar neste livro breve e abundante — muitos, em quantidade, muito, em qualidade. Uma minienciclopédia afetiva concisa na profundidade de uma caderneta moleskine, como as das figuras lendárias que flanam por suas linhas.

Acrescente-se, a este repasto na baguete quentinha, o bem temperado divertimento do anotador, uma narigada de erudição coloquial, um canjirão gotejante de senso de humor melado de empatia, atrevimento a gosto e, *voilá*!

Sirva-se a valer. Pé na rua e olho na janela, bordejantes em, para, por, sobre, pra lá de Pigalle — e, por fim, como acenam os ingleses, *bon voyage*!

Guilherme Vasconcelos

PIGALLE

A animação da rua Douai calçou, sem deixar mindinho nenhum apertado, nas projeções paulistanas que fazíamos sobre a vida na cidade que acolheu Picasso e sua gangue.

Ao acaso, a escolha da localização nos serviu como seus pequenos bistrôs. Se foi palco das batalhas de Joana D'Arc ou se é lenda ou história não sei, sei que teve sua beleza valorizada pelas mãos pontilhadas de Paul Signac e pelo expoente do hospício das artes Vicent van Gogh.

Nacionalidades à parte, dizem que outro que por aqui espinoteou foi o "papa do cubismo", Guillaume Apollinaire, que pertencendo à gangue, e incapaz de agitar a pena com as mãos algemadas, foi parar no tribunal por ter uma migalha do Louvre no paletó inglês.

Mais a oeste, outra rua que invoca magia: Truffaut. Queijarias, restaurantes tailandeses e italianos, misturam-se às lojas revestidas de porções da história que o autor contou e descontou com sua moviola iluminando telas como um farol em pequenos portos.

E lá em cima, gloriosa e senhora de si, olhando tudo e todos, outra que dá aconchego a pequenos portos; é a igreja que já tem no nome, o amor e no horizonte, além de lâminas de sangue e fé, cabarés e moinhos. Afinal amor sem vento não se faz.

Aparte.

Temos um cinema, teatros, boulangeries, céu azul e uma praça linda, florida e cheia de música nas crianças em patinetes deslizantes. Acredito que um presente romântico de Hector Berlioz e também mais uma contribuição para a orquestra moderna.

ERA MUITO SIMPÁTICO

Era muito simpático, mas não servia para aquela profissão. Veja bem, não era pontual, força, só se fosse a de vontade e, por último e não menos importante, era péssimo no jogo de tetris.

O hotel recomendara seus serviços e já adianto, que também continuarei a recomendar, para que nos buscasse no aeroporto internacional Charles de Gaulle. Comecei a notar naquele momento, que alguma coisa não encaixava. Depois de doze horas de voo somados a mais quatro horas que você fica no outro aeroporto, na distante Guarulhos, esperando para pegar o avião — que atrasou algumas horas por causa de um problema técnico nunca divulgado para os passageiros e, desconfio, para a tripulação em geral —, tudo o que você mais quer, ao cruzar o controle de passaporte e a alfandega e ler "saída", enquanto usa o fiapo de força que te resta para carregar a mala mais pesada do universo, é enxergar aquela plaquinha com o seu nome e um sorriso no rosto.

Pois bem, a plaquinha não estava lá. Minha mulher e eu nos olhamos. Nada de pânico. Também tem engarrafamento em Paris. O aeroporto é gigante, ele pode ter se perdido. Não, não pode, ele trabalha com isso. Ligamos os celulares. Procuramos a rede Wi-Fi do aeroporto, preenchemos fatigados o formulário do login e... acesso negado. Mais uma tentativa. Deu certo. Ele mandou mensagem. Estava chegando.

Quando apertou nossas mãos, relaxei. O cara era legal. Fala mansa, jeito bacana de quem já tinha passado por muita coisa e agora procurava um jeito de ser feliz. Esquecera o carrinho para levar as malas.

PIGALLE **3**

Tínhamos muitas, afinal mudávamos para Paris. Me dividi com ele e seguimos parecendo malabaristas pelos corredores e elevadores que levavam a um gigante estacionamento, tipo um estádio ao contrário ou algo desse tipo.

Fomos caminhando até o carro trocando impressões e pequenas histórias. A dele brotava da ajuda de um primo que mudara para a Europa, de um passaporte espanhol e da chance de viver longe da marginal Teresina. Por marginal, ele se referia a todas as faltas necessárias ao decente.

Avistei a van e tranquilizei-me. Caberíamos no automóvel. Para minha surpresa passamos reto pela van e paramos na frente de um Peugeot variant, preto, cheirando a novo. Arregalei os olhos imaginando a dificuldade que viria. Como alguém que trabalha com transporte de passageiros não compra um carro com porta-malas com capacidade para vários litros?

Achei que pelo costume ele seria minimamente pró em arrumar porta-malas. Não. Se o jogo fosse tetris, ele não passaria do nível 1. Refizemos — sim, tive que ajudar — algumas vezes o espaço cúbico até entenderemos que elas teriam que ir junto com nossos pés, pernas, pescoços e cabeças. Uma levada ficou a viagem inteira cutucando minhas costas.

Foi aí que carimbei a sua total falta de habilidade para a profissão. Não preciso nem dizer que o GPS dele falhou algumas vezes e, claro, nos perdemos, erramos a rota e chegamos a parar em um posto de gasolina para, enquanto íamos à loja de conveniência comprar água e batata, ele, discretamente pedia informações.

Mas era muito simpático. Falou que o filho pequeno estava sendo alfabetizado em francês, inglês e português, que trocava todas as palavras e era uma graça. Que a mulher trabalhava ajudando imigrantes na difícil tarefa de se adaptar e, muitas vezes, de conseguir um prato de comida. E contou, enquanto falávamos sobre as baixas temperaturas, que no inverno acordava um pouquinho mais cedo para ligar os aquecedores da sala, evitando, com isso, que filho e esposa passassem frio durante o café da manhã.

Nunca mais o vi, mas queria mandar um abraço para ele e dizer que fiz da simpatia dele, o pé direito da minha vida por South Pigalle.

PIGALLEANDO

Meus galos para o dia a dia são as crianças da escola vizinha ao prédio. Invariavelmente, às 11h a competição de gritos tem sua largada apitada e, um dia desses, por ventura, gostaria de conhecer o vencedor. Uma força no gogó de dar inveja.

BARTLEBY & CO.

Me associam a todos os tipos de sorte: Bartleby & Co. consegue ver o futuro na borra do café; Bartleby & Co. ajudou o pescador a achar a terceira margem do rio; Bartleby & Co. sabe como fazer dinheiro em Wall Street; Bartleby & Co. se envolve em caso de diamantes no Brasil. O que ninguém consegue me associar é a mim mesmo, Bartleby & Co, encontrado morto, após suicídio em uma livraria espanhola em Berlim.

Sou, confesso, idiossincrasia espalhada pelos desejos dos meus críticos literários, que me leem como signos do zodíaco a cada mês e lua. Ao mesmo tempo, sou altamente periculoso aos que buscam em mim fórmulas pois, acreditem, já fui peça de quebra-cabeça.

Aprendi a felicidade quando, para matar a fome de minha família, aceitei um emprego em uma agência dos correios encravada em algum lugar a dois ônibus de distância de minha casa. Pelas manhãs, conferia selos e, à tarde, queimava pedaços biográficos. Selos são as memórias sociais mais engraçadas que conheço. Basta vê-los. Já as cartas esquecidas ou sem destinatário são lástimas de lembrança e esperança, que quanto mais esmerada fosse a caligrafia, mais vontade de destruí-las eu tinha.

Foi tanta ira que acabei demitido e readmitido em outro lugar, outra região, outro país. Agora de dentro do balcão de um pub, servia Guinness e pretzel, na Inglaterra chuvosa e cinzenta, a clientes maltrapilhos. Não acredito que seja só a circunstância que atraia as bocas aos meus ouvidos; o formato do meu rosto incolor, íntegro e o meio brilho dos meus olhos, contribuíam para o colóquio.

PIGALLE **7**

Os tipos acumulavam-se descartando o bafo da cevada em prosas desesperadas, enquanto, em prol da atenção, descontrolava o fluxo e quantidade considerável do creme derrava na bandeja pingadeira. Comovia-me com os relatos, esquecendo-me de que se tratava de uma torneira belga e não americana, como meu chefe insistentemente me reprendia. Para minha sorte, minha fama de bom ouvinte correu pela cidade e só não fui demitido pela lentidão e pelo desperdício por causa da clientela que aumentava.

Contudo, no ano seguinte, cansado de uma vida noturna insalubre e dos degraus que me levavam a um apartamento abafado com uma única cama, um morador à noite e outro de dia e inflado por um aluguel desumano; fui, por força do estereótipo lombrosiano confundido com algum marginal, que no meu íntimo poderia ser meu colega de quarto com o qual desfrutei, se muito, de cinco minutos do ambiente, alojado na repartição pública de uma cadeia.

A sentença soou-me como imagino ser o grito da lagosta ao ser inserida viva em água fervente com o intuito de alcançar o máximo de seu sabor. A maldade humana não tem precedentes quando se trata do paladar. Na mente do juiz foi sal e pimenta o tintilar da chave no ferro e como a fricção do fósforo no vidro em pó, o pêndulo jogou-me algemado nas provações do encarceramento.

A prisão amadurece a alma. Soa estranho tanta presunção, mas o esforço para se manter são, afastar as tentações dos prazeres fáceis e ceifar sonhos enlouquecedores, enquanto o ir e vir, repousam em um cemitério, esgotam físico e mental. Acreditem.

Entrementes foi nessa condição de absoluto abismo e podridão que logo depois de uma briga envolvendo um pedaço de queijo, ao qual ironicamente sou alérgico, ganhei a alcunha de Bartleby & Co. Nem todos na prisão cometeram crimes odiosos ou foram sentenciados à luz de seus direitos, quando não, ao meu próprio exemplo, foram vítimas do preconceito e da injustiça.

Foi um marujo que ao limpar minhas feridas e cantar sereias, armou o apelido e jogou a rede de pesca fisgando os detentos. Acho que foi a comoção da surra que tomei por engano, moendo meus ossos e expondo a minha pele; e também a hipnose lírica e apaixonante do marujo que juntou meu pequeno fã clube.

O mais interessante é que as pessoas diziam por mim o que achavam que eu tinha dito. Minha voz foi colocada de lado e o marujo *ventriloquava* em meu nome. Propusemos mudanças à diretoria do presídio e, por incrível que pareça, foram aceitas. Desnecessário contar que minha fama cresceu. Logo ganhei ares de maioral, respeitavam-me no refeitório, no toque de recolher tinha direito a mais quinze minutos de lamparina e no pátio um lugar cativo ao sol. O marujo me acompanhava. Devia a ele.

Fama não se faz do dia para a noite, é necessário trabalhar mais noites do que dias por ela, por isso não descansava meus ouvidos. Sentia-me embaixo de uma empilhadeira de ferro-velho sendo encaixotado por guindastes compressores para virar um retângulo de entulhos. Só que por sorte não fui descartado.

Certa noite, visitou-me um novo detento. Guiava-se pela escuridão seguindo a luz de uma cansada vela, reflexo de sua própria alma. Sentou-se na beirada de minha cama, demorou a falar e, com os pés incontidos, contou-me ser ele o causador de minha sentença. Levantei agitado e, por ele ser novo ali e ansioso por proteção, achei que ele falava para me agradar, porém quanto mais detalhes do seu passado ele narrava mais a sentença se assemelhava à minha.

O marujo se despediu de mim com um forte abraço e desejou-me sorte.

Meu novo emprego foi como ascensorista de uma máquina maravilhosa que acabara de ajudar os homens a escalar e crescer na vertical (ah, a ilusão!), os elevadores Otis. A única lembrança que ficou dessa passagem foi a das inúmeras conversas sobre a previsão do tempo que, como o indicador dos andares, oscilava junto com as subidas e descidas do humor e do ego que habitavam meus dois metros quadrados.

Encontrei nesse trabalho respeito. Dentro daquele ambiente meu quepe era chefe e podia dizer com segurança na voz que o próximo gentleman teria que aguardar a próxima viagem. Existia um limite de segurança e deveria ser acatado. Magnatas me respeitavam e jovens audaciosos que ouviam de seus reitores que bastava estudar naquela instituição que poderiam escolher seu futuro em um menu Michelin, me davam bom-dia com cordialidade.

Os pequenos poderes mexem mais com a alma do que os grandes, e sua volatilidade é intensa e frágil. Para desaparecerem basta um truque de mágica ao contrário dos grandes que são engendrados em burocracias bem estruturadas. Agora, para minha desgraça, eu estava acumulando bastante deles. Logo me cansei de brincar de Sísifo e um anúncio me levou a ser contratado por um escritório de advocacia, nos Estados Unidos.

Dessa parte não tenho muito a contar, só que preferia não fazer.

Já na Alemanha, encontrei trabalho em uma fazenda de lúpulo, próxima a um vilarejo composto por uma rua e uma fonte. Mexer com a terra me fez bem. A enxada quando bem empregada traz paz de espírito, porém pode ser uma arma cruel quando o pé de galo se mistura à água, ao malte e à levedura.

Fazia frio e uma camponesa atravessava sozinha a Floresta Negra. A necessidade levara-a a deixar sua filha com os avós para se aventurar em busca de lenha e mirtilos. Ela achou abrigo em minha cabana quando o sangue rendera-se ao frio, gangrenando seus movimentos. Alinhei-a perto da lareira e esperei alguns dias pela sua recuperação. Era bonita, de feições delicadas e branca como a neve que caía lá fora. Limpei-a, aconcheguei-a e claro, alimentei-a.

Um novo sentimento brotou em mim. Até então, estava acostumado a cuidar de mim, das minhas necessidades, mas ali, deitada em meu carpete, coberta pelo meu cobertor, achei algo a mais, achei um sentimento que falava de uma nova etimologia cerebral para mim: compartilhar.

Em pouco tempo, ambos colhíamos o lúpulo e dividíamos a mesma cama. Os outros agricultores enciumaram-se e algumas vezes tive que levantar a voz pedindo-lhes respeito.

Aguardava ansioso o pôr do sol, quando nus e suados pela colheita rolávamos pela plantação até cair no lago. Eu a possuía com intensidade, admirando sua graça enquanto selávamos jamais sair daquele conto de fadas.

Não estranhei sua demora quando um dia ela me disse para ir cozinhando a galinha no sal, azeite e maçãs picadas, sem sementes para não azedar, enquanto providenciava framboesa e groselha, na floresta, para misturar ao creme de leite batido de seu magnífico creme bávaro, porque ela sempre se perdia no tempo. Porém um estalo mexeu no mecanismo do relógio cuco pregado na parede desregulando seus afinados pesos e fazendo-o soar assombrosamente. Achei-a bem a tempo de testemunhar os outros agricultores, alterados de pujança, tirarem o seu frescor inúmeras vezes e despedirem-na brutalmente da vida.

Possuído pela cólera, um rastro de sangue formou-se quando minha enxada rasgou-lhes os corpos acervejados. Minhas próprias mãos enterram-na e anonimamente deixei uma cesta de mirtilos na casa de sua filha e mãe. Foi nesse episódio que descobri que Bartleby & Co. também poderia ser cruel e cruel ele foi.

O caminho até voltar a mim mesmo foi árduo, posso dizer que busquei limpar as injustiças do mundo em um trabalho que me trouxe uma fama invertida. Diziam por aí que era Bartleby & Co. que estava atuando como uma espécie de justiceiro. Seria injusto dizer que limpei a minha alma porque ser juiz e algoz desqualifica a justiça interna e externa de quem vive buscando as normas da ética. Mas vejam como as coisas são: comecei a ser reconhecido na rua bem em uma época que começava a surgir a selfie. Criaram-se grupos de adoração a mim e tive, a muito custo, que evitar uma igreja em meu nome. Esses americanos têm cada uma. Esqueci-me de contar, nessa época estava morando em uma casa com jardim nos Estados Unidos, o país da abundância.

Quando reparei que o YouTube disponibilizava todas as mortes de famosos em seu canal fiquei com medo de morrer e morrer feio. Comecei a me maquiar antes de dormir para ser um cadáver bonito para os meus fãs. O público me adorava e eu adorava o público. Para minha sorte descobriram tamanha presunção e caí no ridículo. Digo sorte porque esse transe maligno da fama instantânea, dos excessos, da gula e da vaidade transforma adorado em adoração e com as particularidades do divino prefiro não brincar.

Empacotei meus pertences, doei muita coisa — santo consumo nesse país! — e voltei para a Alemanha. As primeiras noites passei em um abrigo para desafortunados. A fama de Bartleby & Co. esmoreceu e obtive paz até virar entregador de aplicativo.

Que meio interessante de sobreviver: cruzar avenidas e ruas estreitas, desviando de carros, outras motos e pessoas, enquanto tento entregar uma caixa de perfume, um livro ou um prato de sushi no menor tempo possível para ser lançado em outra corrida maluca com mais obstáculos (polícia, engarrafamento e pessoas!) para cruzar a faixa da vitória em troca de alguns centavos, mais uma corrida desgovernada e nenhum plano de saúde. Posso dizer num sussurro que no meu caso foi viciante a emoção de perder a vida pelo supérfluo dos outros e pela minha própria estagnada pobreza.

E foi em uma de minhas corridas que descobri uma interessante livraria no centro de Berlim, que levava o meu nome. Já nem me lembrava do meu nome. Para mim a modernidade algorítmica tinha o efeito da água do rio Lete, do qual eu tinha bebido uma jarra a fim de apagar tudo que fizera e desfizera. Eu era BC, só BC, quando não um número estranhamente ao relento, por vezes jogado em sonhos do Dalí sobre carneirinhos pulando cercas.

Entrei com pressa, mas quando vi meu nome espalhado em diversas edições e estilos tão variados, capas de todas as cores, papéis e texturas, edições especiais, um dicionário, uma coletânea, um livro infantil — vejam só — sentei-me comovido e angustiado, se é que as duas palavras podem andar juntas, para um café na simpática área dedicada àqueles que têm tempo.

Enquanto deliciava minhas mãos em um dos exemplares, um tal de Enrique apareceu por lá e perguntou se podia sentar ao meu lado e, sem esperar a resposta, sentou-se. Simpático o homem, culto, parecia ter vivido muitas vidas, trocamos longuíssimas palavras e prosas, até que ele disse que precisava fazer algo antes de um encontro. E eu fiquei.

BASTÃO E PRATO

Era necessário caminhar por um corredor estreito e mal iluminado para chegar ao pátio central. A entrada da loja já era estranha. Vendia antiguidades, ferragens e materiais para casa. Muitas vagas na frente, mas nenhum carro. Tudo meio esquecido, meio abandonado e ornamentado com bem formadas e bem trabalhadas teias de privilegiadas aranhas.

Bigode branco no estilo pirâmide, aquela com base mais larga, que se estreita conforme se aproxima do nariz, careca lustrosa e mais de 65 anos, leve deficiência na perna direita, identificada pelo ligeiro mancar, o dono do estabelecimento recepcionava o cliente com um sorriso, que não deixava dúvidas de que você estava no lugar certo.

Funcionava com horário marcado e um cliente não via o outro, existia uma porta atrás do pátio, que garantia o sigilo. Porém algo mágico acontecia: você podia ficar o tempo que quisesse no estabelecimento — ninguém o perturbaria — e mesmo assim quando você acabava, imediatamente entrava o próximo. Existia uma agenda seleta e uma fila sem numeração.

Confesso que a primeira vez que visitei o local senti calafrios e certa vertigem. Um estranhamento incomum diante da tarefa. Ele me fez ficar à vontade usando bons verbos: relaxar o pescoço, esticar os braços, pendurar o paletó e tirar as meias. Foi gostoso proporcionar aos meus pés, depois de tanto tempo, a textura da grama pós irrigador. Um dos muitos luxos do lugar.

Começamos simples. Uma colher de metal. Ele me entregou, olhei-a e joguei-a fracamente contra a parede. O calafrio voltou. Eu podia mesmo arremessar uma colher?

Quebrar protocolos? Ela que sempre esteve na mesa compondo a educação e a polidez ao lado do garfo e da faca.

Tive meu momento. Algumas descobertas demoram mais. Ele me respeitou e quando achou que eu estava pronto me entregou um prato de louça simples. Colocou as mãos sobre a barriga e aguardou. Hesitei. Ele respirou fundo e na sua expiração soltei o prato no chão. Espatifou. O quinquilhar da cerâmica mexeu com a minha adrenalina. A cada prato mais excitado ficava. Quando me viu extasiado e pronto para a próxima fase, entregou-me o bastão de beisebol indicando cerimonialmente para um vaso chinês apoiado em cima de um púlpito de mármore.

Caminhei devagar até o objeto imaterial sentindo cada pulsão de vida e a cada golpe, a cada vaso e estilhaço, obtive, sim, uma expurgação de meus demônios internos. Uma fluidez da vida, um desapego ao material e um alívio de, por alguns minutos, poder quebrar o cuidado de uma vida inteira.

Segurei-o com força entrelaçando meus dedos em sua haste de alumínio, fazendo dele minha extensão; transformei-me em uma besta atacando tudo que pudesse ser quebrado, arremessado, destroçado, afastando os maus espíritos através dos barulhos ocultos que surgiam de minha garganta desacostumada a rugir e dos objetos ao tocar o chão.

Quando me dei conta estava sozinho no pátio. Naquele momento eu não agradecia a ninguém, eu falava comigo mesmo. A maratona me extenuara. Suava liberdade. O desapego a regras, formalidades e imposições me fez ver que nem toda ordem deriva da desordem e que desordem também produz ordem.

O vapor misturado ao eucalipto no banho turco completou a experiência. Corpo e mente em azul-celeste. A água aromatizada com limão siciliano limpa e reidrata.

Abotoaduras fechadas. Sigo pelo pátio meditando o frescor da noite e de bem comigo mesmo.

PIGALLEANDO

O justo meio está na igual possibilidade dos extremos. Provérbio chinês, que não saiu de um biscoito e, sim, de um lambe-lambe, em Batignolles.

Pigalleando

O dia tinha ganhado aquelas dezesseis horas.
Refugiei-me em um dos parques da cidade, levando
comigo amendoim e uma cerveja gelada. Ganhara
aquelas horas, mas o sabor do
anoitecer ninguém me tira.

PIQUENIQUE

O livro Pigalle traz para você hoje, um clássico francês, uma deliciosa receita de piquenique para você curtir o dia.

Marque com antecedência mínima de três dias. Certifique-se de que fará sol. Um bom jeito é olhar no aplicativo do celular. Mas não confie. Eles erram. Próximo à data, volte a checar a previsão do tempo e reconfirme. Hoje em dia a palavra sofre de trepidação. Nem sempre o sim é sim. Vice-versa para o não.

Chegado o dia comemore. Encontrar os amigos é sempre bom. Leve toalha quadriculada vermelha e branca ao estilo restaurante italiano. Cesta de palha cai bem, lembre-se da chapeuzinho vermelho. Ela tinha uma bonita e cabia bastante comida.

Ingredientes para seis porções: salada de melão e pepino, sanduíches de presunto, iogurte à la granadine, wrap de atum, homus, madaleines com citron e o *gran finale*: terrigne de cordeiro com tomate-cereja.

Bebidas: muita água, cerveja gelada, vinho verde, tinto e branco. Compre gelo e uma geladeira de isopor. Alguns refrigerantes são importantes. O gás ajuda na digestão. É sério!

Esqueci-me de mencionar: já leve tudo pronto. Desagradável e uma perda de tempo ter que cortar, temperar e misturar na hora. Baguetes. Leve baguetes. Fácil de achar e sempre um quebra-galho gostoso.

Escolha um parque espaçoso para que você não precise compartilhar das conversas dos outros guarda-sóis. Ah, sim, não se esqueça de levar o sombreiro. Dá preguiça, mas sua pele avermelhada, após uma hora de frigideira, agradecerá. Quase me esqueci do protetor solar. FPS 70. Não economize. Odeio ter que dizer isso porque parece conselho de tia, mas é mais barato do que gastar no dermatologista.

Coloque a caixa de som portátil em uma das extremidades da toalha. Funcionará como um peso contra o vento, além de proporcionar uma distância segura dos seus ouvidos — recomenda-se alguns metros, mas vamos fazer o melhor com o que temos — deixando que a conversa ganhe o primeiro plano.

Playlist fundamental: Édith Piaf (óbvio), Serge Gainsbourg, Yves Montand, Jacques Brel, Zaz e Strome. Este último é um alerta: hora de ir embora para casa.

Para o assunto sugiro utilizarmos a expressão americana *dinner talk*: comece com o cotidiano, se foi difícil chegar ao local, qual metrô pegou, qual linha, teve baldeação? Escola. Professor. Prova de matemática. Siga para a família, pai, mãe — se for mulher sempre tem alguma questão com a mãe —, o irmão mais velho é legal, bonito, nojento ou não tá nem aí.

A ideia aqui é graduar o nível de intensidade da conversa. Se alguém chegar antes e estiver sozinho é uma oportunidade para intimidades, pequenas confissões. Confidencie primeiro. Truman Capote ensinou isso no seu livro *"A Sangue Frio"*. É corajoso e quebra qualquer gelo.

Bom, acredito que todos já chegaram. Estão rindo, bebendo, comendo, se divertindo. Você organizou tudo da melhor forma possível. Tudo bem que quem você queria que fosse mandou mensagem de última hora avisando que teve um problema familiar. Pode ser verdade, pode ser mentira. Vice-versa. É assim que se usa essa expressão!?

O importante é que deu certo. Seus amigos gostaram, você está exausto e só pensa em um bom banho e na sua cama. Faz calor, mas o edredom cairá como uma luva para aconchegar aquelas lembrancinhas gostosas e a *sorridade* do dia. Dormirá pensando no pequeno desapontamento rezando para ser verdade — e é — e seguirá feliz para o próximo piquenique. Você está de parabéns.

PIQUENIQUE

(Parte 2)

Após ser convidado para algumas dessas confraternizações, concluí que acho desconfortável sentar na grama, o chão é duro, a areia vira redemoinhos, o calor é infernal, para não dizer dantesco; a comida esfria rápido, a bebida aquece mais rápido ainda e a conversa murcha depois da segunda badalada.

Pretendo fazer jus às minhas convicções e nunca mais comparecer.

Porém agradeço o convite.

PEDRO

Pedro não tinha nada a ver com a lenda do "Pedro e o Lobo". Nada. Absolutamente nada. Não que só falasse a verdade ou fosse dedo-duro. Pelo contrário, encontrávamos em sua infância sinais de pequenos deslizes, embora isso fosse coisa de criança e não levasse a lugar algum. Bom, levava a algumas palmadas.

Pedro se formou e seguiu carreira como matemático, depois físico e foi parar, para surpresa de todos, na NASA. A primeira vez que visitara o centro espacial contava seus 8 anos. Fez questão do boné e do moletom com a abreviação de *National Aeronautics and Space Administration,* com os quais narrou aos colegas que tinha subido e descido de aeronaves, mexido no console, apertado a mão de astronautas e sido, como não, muito feliz. A criançada foi ao delírio. Era só eles olharem a Lua e sorrir.

A vontade de participar de um lugar como aquele ficou como carrapato no pequeno Pedro. Na volta da viagem, só falava disso. Queria ser astronauta, visitar Marte, Plutão, contar estrelas e descobrir outros planetas. Se desse, seria um caçador intergaláctico. O uniforme ele já tinha.

Sua primeira namorada veio junto com a aula de astronomia, que ele frequentava na parte da tarde depois da escola. Aprendeu sobre os cosmos, as Três Marias, rachaduras, anos-luz e outras coisas que compartilhava com Amanda, quando os dois armavam o lençol no gramado, pegavam o telescópio e passavam a noite olhando o inspirado arranjo estrelar.

PIGALLE **21**

Dominando a natureza do trabalho e com a vontade que outrora fora um carrapato transformada em uma leve obsessão, voltou com cargo e crachá. A vida, às vezes, nos proporciona sonhos. A primeira missão era simples: olhar atentamente os planetas e preencher meticulosamente o cosmos. Na NASA, aprendeu rápido, era tudo específico, pensado e dentro do quadrante.

Quando, na sua terceira semana de trabalho, notou que um planeta tinha desaparecido, primeiro coçou os olhos, depois esfregou, venceu a miopia e nada, ele não estava lá. Pedro correu para o banheiro, lavou o rosto com água fria, encharcou o cabelo e tamborilou as bochechas. Refeito e bem desperto — aquela água estava fria mesmo —, voltou disfarçadamente para o seu posto de trabalho. No lugar do planeta, poeira cósmica.

Conferiu: Terra, ok. Lua, ok. Vênus, também estava lá. Ótimo. Foi indo um a um, sistema solar a sistema solar, respirando fundo e lembrando-se das aulas de ioga que a mãe, tentando solucionar um problema na coluna originado pela posição do telescópio e uma certa ansiedade, tinha o obrigado a fazer. Parece que todos estavam lá. Já tinha voltado a respirar dentro do compasso quando bateu os olhos no corpo celeste trinta mil quinhentos e um.

Ele não estava lá! Só poeira. Como ele explicaria para o chefe, que ele Pedro Correia Gomes da Silva, brasileiro, casado, expatriado, novo no cargo, só 21 dias, tinha perdido um planeta. Ele sempre achou que acharia um planeta. Já tinha nome e dedicatória. Perder, nem nos piores pesadelos.

Voltou para casa arrasado. Quando tomou coragem e contou para a mulher a desgraça que tinha lhe acontecido, ela desdenhou. Achou que ele estava brincando, contara tantas vezes que tinha descoberto um corpinho celeste, pequenininho, fofinho, só deles, para no dia seguinte descobrir que já tinha dono, que ela achou que ele estava invertendo os fatos.

Dia seguinte. Ansiedade alada, banho tomado, sorriso no rosto, trocas rápidas de cortesias na área do café, seus pés iam e *desiam* até a sua baia, rezando para ser um tremendo engano; e quando estava chegando no trinta mil quinhentos e um, virou a página da imensa planilha para descobrir um envelope e um bilhete de um bem-humorado colega: *Perdeu alguma coisa?* Pedro entrou em pânico. Esse pessoal da NASA era bom mesmo. Já tinham descoberto o seu segredo. Os sorrisos dos colegas indicavam isso. Eles sabiam. Sabiam mesmo. Que vergonha. Que humor. Perder? Não era uma moeda, era um maldito planeta!

Guardou o envelope no bolso e rezou para que o caso não subisse para a diretoria. Na pior das hipóteses guardaria como suvenir — o papel era de qualidade e tinha o logo da NASA.

Continuou catalogando na esperança de nunca mais perder um planeta. E não perdeu, poeira cósmica é fruto de colisão entre dois corpos. Acontece uma vez a cada 200 mil anos. Pedro Correia Gomes da Silva foi sem saber um cara de sorte. Presenciou o *impresenciável*. A poeira e o gelo se dissiparam junto com o planeta trinta mil quinhentos e um.

PAPINHO

— É um pouco engraçado pensar que conhecemos tão pouco do planeta que habitamos.

— Do que você tá falando agora? Leu outra pesquisa?

— Hã! Eu sei que você não ficou tão interessada em saber qual é o vilão mais rico dos quadrinhos, mas a pesquisa tinha fundamento.

— Tecnologia e inovação, eu sei. Me passa o sorvete de manga, por favor.

— Pois é, dessa vez, me deparei com um número estranho. Em 2017 só conhecíamos seis por cento dos nossos mares. Caramba, tanto tempo aqui na terra e nos contentávamos com seis por cento! Seis por cento!!!

— Calma, calma, também não precisa gritar. Estou aqui do seu lado.

— Engraçadinha. Obrigado por me ouvir, preciosa.

— Adoro quando você me chama de preciosa. Cuidado, vai pingar no sofá.

— Então, olha isso, hoje chegamos em dezenove por cento. Já fomos até pra Lua e esquecemos de mergulhar por aqui. Meio insano, né!?

— A Lua tem a ver com a Guerra Fria, deixa pra lá.

— Deixo, mas explica uma coisa: a gente não deveria ter focado mais pertinho?

— No nosso quintal, você diz? Ei, não me beija agora.

— Gosto quando você me tira!

— Estamos conversando.

— Posso fazer as duas coisas ao mesmo tempo. Dá um beijo.

— Beijo. Falta oitenta por cento, é isso?

— Oitenta e um para ser mais exato. E nessa hora é bom o ser. Precisamos conhecer oitenta e um por cento do assoalho marinho.

— Coisa pra caramba!

— Pode falar caralho, preciosa!

— Caralho.

— Do tamanho da Austrália.

— Uau.

— É. E deve ter uns peixes cabeludos lá embaixo. Uns monstrões escondidos. Só pode, né!?

— Ah, só. Ei, o que você tá fazendo?

— Cobrindo meus pés com a mantinha e te dando uns beijos...

— Tô vendo. Mas vamos terminar o filme antes.

— Tá bom, você não sabe o que tá perdendo.

— Ah...

PIGALLEANDO

Fila: um bom jeito de saber se o
restaurante ou a boulangerie é boa.

Pigalleando

Começou pelo entrecôte mal passado. Depois, fez do sangue um molho para o arroz. E com o miolo do pão, finalizou o prato.

PIGALLEANDO

Sobremesa do dia: Tiramisu. Viver na
França tem certas particularidades
italianas. (ainda bem)

ABACATES

Para mim os sonhos não vêm representados por balões coloridos, em céu azul-celeste, flutuando em praias desertas de areias brancas, na ilha do verão, e, sim, por abacates.

Não tem tanto a ver com fluidez e leveza; no meu caso tem a ver com sabor e saudades. Em ambos os casos, estamos falando de um símbolo oval que rola ou voa infinitamente se retirarmos as forças da física e ficarmos só com a inércia. E rolar é o que nos faz perseguir os nossos sonhos mesmo que eles existam de todos os tamanhos e formas.

Na salada, o abacate agrega um requinte; no prato principal, um diferencial; no sanduíche, deixa pomposo e, na sobremesa, mexido e batido; com um pouco de leite, a fruta docinha, docinha multiplica-se em até dez porções. E tem sonho melhor do que reunir uma dezena em volta da mesa?

Expatriado, o abacate sempre *lembranciou* minha terra natal. Lugarejo onde quero curtir a minha almejada aposentadoria e iniciar um novo projeto de vida para mim e para o meu parceiro. Voltarei para a região mais linda do meu país perto de ruínas maias, golfos e abacateiros a perder de vista. Se fosse possível, acho que por um período viveria à base de guacamole.

Nessa pequena cidade histórica de brisas marinhas que Fred e eu construiremos a nossa pousada, (já temos o projeto arquitetônico e o terreno, longe o suficiente do centro para evitar atropelo), serão oito quartos, duas cozinhas, sendo uma particular — o terceiro andar será só nosso — uma pequena piscina, uma grande sala e o que mais me encanta: a decoração será composta pelas nossas lembranças de viagens, objetos e objetinhos que colecionamos de férias iluminadas e sorridentes.

Lá curtiremos o descanso que imagino merecermos enquanto recebemos hóspedes, família e amigos, servindo Mezcal, explicando sobre os pontos turísticos e tratando a todos como se ali comemorássemos uma eterna festa de casamento. E não deixa de ser: é o meu casamento com o meu sonho. Mas mais do que tudo oferecendo em nossa imensa mesa de jantar os melhores pratos à base de abacate, elaborados em receitas do livro da vovó, brincando com o paladar doce e salgado, com a certeza de que com sonhos os dois sabores acompanham.

ARROZ

Os já imaginativos Max Brod e Franz Kafka ainda sonhavam em tornar-se escritores quando pensaram em um jeito rápido de escrever, viajar e ganhar algum dinheiro: uma série de guias de viagens focada no público que, como eles, dispunha de poucos recursos.

Se veio das dicas deles, eu não sei, mas o jeito mais fácil de economizar em uma viagem é comer arroz. Arroz vai bem com tudo e se você não tiver dinheiro algum, nem para o pãozinho do acompanhamento, arroz com shoyu no restaurante chinês é uma boa solução. Você compensará a barriga com os olhos. Uma troca justa para apreciar o Monte Saint-Michel, uma das paradas da dupla.

Um bom arroz é fácil de fazer. Basta picar um dente de alho em fatias bem pequenininhas, regar a superfície de uma panela com óleo, aquecer, adicionar os pedaços de alho e mexer. Aí, coloque o arroz já separado em uma xícara de chá na panela, e mexa. Em seguida, ponha cuidadosamente água fervente, faça uma volta olímpica com a colher de pau, e aguarde.

Os oito maiores produtores mundiais de arroz estão na Ásia. A China, de nosso inconsciente, lidera, seguida pela Índia, Indonésia, Bangladesh, Vietnã, Tailândia, Myanmar e Filipinas, são colhidas quase 600 milhões de toneladas por ano.

As histórias de famílias subnutridas e abaixo da linha de pobreza no país estampam as manchetes mundiais vez ou outra. Estamos falando da mesma China que luta ferozmente contra os Estados Unidos no campo econômico. Os dois países parecem ter isso em comum: tarifas, protecionismo e baixíssima fraternidade. Fortes na economia e na desigualdade. Ricos e pobres. De que serve todo dinheiro do mundo se não conseguimos erradicar a pobreza?

Breve parênteses, porém pertinente, acredito. Lembrei-me do caso dos irmãos Huayan. A menina evitava ter o mesmo final dos seus familiares: padecer por fome aguda. E mesmo beirando essa situação — a desnutrição levara metade do seu cabelo e seus cílios — a jovem Wu de 20 anos e 20 quilos sacrificava-se para manter a saúde do irmão e poder continuar estudando.

Estudando.

Infelizmente mais de trinta por cento do arroz produzido no mundo acaba apodrecendo em silos e armazéns. É uma jogada econômica que leva o nome bonito de *Lei da Procura*, que, essencialmente, funciona à base do desperdício, deixando o produto apodrecer para alavancar os ganhos e, de quebra, escavar milhares de sete palmos.

E tem gente passando fome. Umas 300 milhões de pessoas, contando miúdo, miúdo. Fome é não ter nem uma porção de arroz no prato.

Fome.

F-O-M-E ou M-O-F-E.

Fome.

ET: Max Brod foi executor testamentário das obras de Kafka. Com a ascensão do nazismo fugiu de Praga levando poucos pertences e uma mala com fundo falso com os originais do amigo.

ET 2: Ah, preparei uma panela de arroz ontem. Primeira vez. Sei que não conta muito, mas eu gostei, minha mulher elogiou e nós comemos.

Pigalleando

(múltiplos)

Saudades

Substantivo feminino. Sentimento nostálgico
causado pela ausência de algo, de alguém, de um
lugar ou pela vontade de reviver experiências,
situações ou momentos já passados.

Álamo

Árvore que protege as vinícolas do vento
e ajuda a climatizar as parreiras.

Binária

A vida não é binária, muito pelo contrário é uma
soma de nossas atividades e decisões. É criação a
dois, três; causa e efeito, destino e oportunidade. Aí
atrás algumas palavras que ajudam na
bússola do tempo, mas nenhuma define.
Não define porque não sabemos, não
temos como saber e, ainda bem.

Aristóteles

Aristóteles: coragem é levar nosso medo para a ação.

A.D.

"A imaginação nos compensa por aquilo
que não somos; o senso de humor nos
consola pelo mesmo motivo."

Maquetes

Nada de maquetes, colocou as botas e foi para a ação.

CHÁ E FRENCH TOAST

Uma das melhores cenas de *Kramer vs Kramer* é o momento em que Ted (Dustin Hoffman) prepara uma french toast para o seu filho. A falta de intimidade e a vontade de agradar estão agarradas no desespero do pai, que acaba de ser abandonado pela mulher. É o começo de uma nova etapa para pai e filho.

—

Enquetes revelam segredos obscuros. Como a resposta não precisa ser dada olho no olho e não há necessidade de se identificar, o entrevistado se sente seguro para dizer o que realmente pensa, sem julgamento alheio. E foi assim que descobrimos que mais de sessenta por cento dos britânicos sonha e acredita que ainda vai receber a rainha para um chá da tarde.

—

Eu li *Minha História*, escrito pela Michelle Obama. Depois minha mulher me indicou o podcast da Michelle. Ouvi alguns episódios. Acho que o que mais me chamou atenção é a franqueza com que ela trata os assuntos. Nos sentimos amigos do casal, pertencentes ao universo dos Obama. Não preciso nem dizer que já sonhei — sem necessidade de pesquisa nenhuma — que eles nos receberiam em sua casa em Washington para fazermos juntos french toast. Nada de jantares

PIGALLE **35**

sofisticados com lagosta e vinho branco francês, cozinheiras e garçons. Barack, Michelle, Carla e eu quebrando alguns ovos, adicionando um pouco de leite, confortáveis, de moletom, batendo um papo na cozinha enquanto tomamos nosso café da manhã. Deve ser uma experiência e tanto.

MANGA

Quando criança, minha mãe cortava a manga em cubinhos para mim e para o meu irmão gêmeo. O suculento caroço levávamos em nossas pequenas bicicletas para comer no quintal. Era um passeio.

A boca ficava manchada de amarelo, as mãos também, mas, mesmo assim, mamãe recebia nossos beijos e abraços.

Depois comíamos bolacha Calipso. A cobertura de chocolate derretida pelo calor lambuzava ainda mais a história toda, mas valia a pena.

Com o passar do tempo, deixamos de lado a parte da bicicleta, porém a fruta, em cubinhos, sempre esteve presente nos momentos mais especiais.

—

Uma vez fui à casa de um amigo e a mãe dele serviu manga de sobremesa. Ela estava muito mal cortada. Achei estranho.

—

Sempre que quero conversar com a minha mãe sobre algum assunto sério ela prepara uma manga. A fruta é um bom balizador de opiniões e, como é doce, ajuda em qualquer conversa.

—

Manga para mim é sinônimo de amor.

—

Tem gente que já sentiu ciúmes desse ritual. Ciúmes de uma manga, outra coisa que também sempre achei estranho.

—

Quando conheci minha esposa, à época namorada, e ela me disse, por coincidência, que na cidade dos pais dela tinha um bom doce de manga, pedi que ela me trouxesse. Comemos juntos em uma praça arborizada minutos antes de uma chuva de verão nos encharcar.

Até hoje nos lembramos do beijo molhado de manga.

—

Quando casamos, meus sogros começaram a trazer a fruta do Ceasa, de todo domingo de manhã, para nossa casa.

—

Lembro-me também de comer manga com os meus avós maternos no Guarujá. Depois da fruta tínhamos direito a dois churros do Gordo. Tinha tanto recheio naqueles churros que atualmente seria incapaz de comer um inteiro.

Sempre que posso, paro em uma barraca de churros. Pergunto se acabou de sair e peço recheio de doce de leite.

—

O sabor da infância nunca sai da gente.

É verdade que acrescentamos novos bálsamos a nossa vida, contudo os primeiros são para sempre os mais frescos.

~

Minha avó — a mesma já citada — foi tomada pela velhice. O apetite se foi e ela emagreceu. A força deixou os músculos levando, como cascata, a energia para os seus olhos verdes. Visitava-a às quintas--feiras. Ela sempre sorria para mim e me perguntava sobre os meus filmes. Mesmo cansada, acompanhava o noticiário e sabia de quem eu estava falando, se lembrava da conversa da semana passada e falávamos sobre a vida dos artistas e sobre nossas próprias vidas.

Ainda era vaidosa. Adorava um creme hidratante, um perfume e sempre que a chance aparecia pedia um moletom novo de presente.

~

Um segredo: todas as manhãs meu avô aproximava-se devagarinho do lado dela da cama, dava-lhe um beijinho e ficavam de mãos dadas. Para saber se estavam acordados, um leve assobio, se o outro respondesse, estava dada a deixa.

~

O pior para o meu avô aconteceu quando ele parou de entendê-la. As palavras grudavam no lábio dela e o fraco som não atravessava a parede de sua fraquejada audição. Para o animado casal foi um golpe. Quando ia visitá-los, ele me pedia para conversar com ela, ver se eu conseguia decifrar seus sussurros. Me esforçava, confesso. E, quando voltava do quarto de minha avó para a saleta, ele estava à espreita me olhando ansioso pelo report.

~

Os dois vieram da Áustria. Caminhos diferentes. Ele: Itália, Espanha, Portugal. Ela: dez anos em um gueto em Xangai. Foram se encontrar na casa de um amigo em São Paulo.

Depois que venceram pela segunda vez o começo da vida, viajaram o mundo, catalogando em pastas e caderninhos todas as cidades, hotéis, restaurantes e pontos turísticos pelos quais passaram.

Com uma turma muito acalorada, imigrantes também, jogavam bridge todas as quintas-feiras. Cada vez na casa de um amigo, também encarregado de preparar o jantar.

—

Ultimamente, meu avô pega um táxi para jogar bridge no clube Monte Líbano, às quartas-feiras. Ele tem 95 anos. Tem força, tem ânimo, tem inteligência. O resultado da partida demora para sair, mas quando ele sabe que ganhou espera para ouvir o seu nome.

E, claro, no almoço de quinta, conta animado para os netos, que o pódio é seu.

E nós respondemos, brincando, que é o mínimo que esperávamos. Apostamos tudo nele.

—

Nem sempre minha avó participa do almoço. Depende da energia do dia. Na última vez que fui lá, ela se juntou à gente. O almoço foi bom, mas a sobremesa foi surpreendente. Tinha manga. Ela que já não comia nada, insistiu que queria manga.

Os olhos do meu avô marejaram. Era a fruta deles, a fruta da minha mãe e a minha fruta. A priori ela não poderia comer, mas quem liga para essas coisas nessas horas?

Meu Opapa, feliz, regrando suas mãos desobedientes, amassou, no seu tempo, a manga para que minha avó pudesse saborear a fruta de todos nós.

BEN

Meu novo amigo se chama Ben. Ele tem 5 anos e é o filho de um casal que também são meus novos amigos. Nos conhecemos em Paris, amigos de amigos, onde um fala para o outro quando um brasileiro muda de país e voilà, um dia estávamos na sala deles comendo brioches.

Acho que Ben gostou do meu único truque de mágica, um em que — finjo! — tirar o dedão da mão esquerda. Realmente, visto pela primeira vez, surpreende. Ele quis apreender o truque, mas mágico que é mágico não revela. Depois me mostrou seus carrinhos, fizemos uma queda de braço (que ele ganhou) e fui chamado à mesa dos adultos. Criança, às vezes, tem que esperar.

Na outra visita, sua voz já pulou pela campainha. Deu para ouvir um sonoro "eles chegaram!" Eu lembro que também ficava animado esperando os amigos dos meus pais chegarem. Era muito divertido.

Dessa vez, ele logo me levou para o seu quarto. Me fez sentar num banquinho e retirou todos os livros que tinha, de todos os cantos, espalhou-os em cima da cama e me falou: "Escolhe um". Não entendi muito bem na hora, ele repetiu: "Escolhe um!" Escolhi a aventura de um coelho e um elefante pelo reino de tamanduás. Aí ele me disse: "Lê para mim". Foi meigo, foi legal, foi fantasia.

Tinha feito mais um amigo! Um que se admirava com pequenas coisas, como uma colher de café presa na máquina de lavar louça, com os fogos de artifício no dia da Queda da Bastilha, com uma concha na areia da praia, que mesmo longe do mar continua reproduzindo o som das ondas. Novo e mágico. Crianças.

40

Para completar, pegou o celular do pai e me mostrou vídeos dele mais novo e me explicou as situações. Uma festa de aniversário, uma tia, o primo mais velho, a avó. E uma vez que "alguém" gravou ele passando debaixo da mesa dos doces, subindo a mão como um periscópio e surrupiando alguns brigadeiros. Corte no vídeo. Volta; ele com a boca toda manchada de marrom. Risadas. Acho que só a tecnologia propicia a uma criança de 5 anos se ver mais nova e saber disso.

Depois cansou e foi brincar de massinha. E eu voltei para a mesa dos adultos, um pouco abandonado — trocado — e feliz!

PIGALLEANDO

Eram dez e meia da noite, de uma sexta-feira
quente, de lua bonita e brilhante, que
iluminava o tablado improvisado de um
grupo que dançava uma romântica
milonga em frente ao Museu D'Orsay.

Pigalleando

Outro dia li uma frase boa: *"Se erguermos os farrapos medonhos da História, encontraremos isto: a hierarquia contra a igualdade e a ordem contra a liberdade."*
A Ordem do Dia, de Éric Vuillard

CONCÓRDIA

A história é cheia de arranjos de difícil precisão.

A guilhotina deu lugar ao imponente obelisco de 23 metros cravado no centro da Praça da Concórdia. Eram dois, mas só um resistiu à viagem do Egito. O presente, gesto do vice-rei Mehmet Ali, vinha embrulhado com o laço da diplomacia e uma eventual união contra os ingleses. Estávamos no século XIX.

Concórdia para os Romanos, Harmonia para os Gregos, é a Deusa da união, compreensão, e lógico, o nome diz tudo: da consonância de nossas díspares melodias. Fruto da ardente paixão da deusa do amor com o senhor das guerras, ela representa o equilíbrio ideal. Aquele que todos buscamos. Sua prima, filha dos Reis do Olimpo, é quem deveria ter ganhado nome na praça. Seria, pelo menos, mais honesto. Praça Éris, a *Mãe dos Males,* a poderosa deusa da Discórdia.

A Revolução Francesa foi tudo, menos harmônica. Vamos combinar e concordar que a utilização de uma ferramenta que separa bocas e orelhas de pés, braços e pescoços não combina com liberdade, igualdade e fraternidade.

Aqui, de longe, acho um pouco estranho os egípcios darem dois obeliscos com mais de 3.300 anos para os franceses, desfalcando o Templo de Luxor, em homenagem ao Deus Oculto ou dos Ventos, sem mais nem menos. Simbolicamente, o presidente François Mitterrand devolveu a antiguidade aos egípcios, em 1990.

Simbolicamente porque, digamos, seria impossível devolver o obelisco intacto.

Contudo, a harmonia ganhou luz, quando o obelisco foi utilizado em uma campanha contra a disseminação da AIDS. Cobriram os hieróglifos, apinhados de passagens inspiradoras, com uma camisinha gigante. É uma causa que necessita de união e guilhotinada feroz na hipocrisia.

Outro que andou por lá, ou melhor, escalou, foi o alpinista urbano Alain Robert, o Homem-Aranha. Em 2000, subiu sem equipamento de segurança e só com a força de suas mãos até o cume dourado. A ação lhe rendeu alguns dias de prisão, dores nos braços e muitas fotos no jornal.

Espero que suas 230 toneladas nunca mais tenham que se perder por estradas e que seu belíssimo significado — raio de luz — ilumine e esclareça o reino do terror absolutista e obscurantista que tendem a brotar mundo afora porque, por aqui, estamos sedentos por liberdade, igualdade, fraternidade e harmonia.

ESTIGE

Sempre achei, nas minhas visitas ao Louvre, que *A Balsa da Medusa*, do romântico Géricault navegava as plácidas águas do rio Estige. Ledo engano, ia em direção a Senegal, na África, com intenções de colonizar o país.

Tétis suspendeu Aquiles pelo calcanhar e o mergulhou nas águas do rio Estige. Desejava que seu filho fosse invulnerável. A brecha — sempre tem uma brecha — foi o calcanhar. Na Fragata de Medusa, que inspirou a obra, estava presente o engenheiro Alexandre Corréard, um dos responsáveis pela construção do barco. Imagino que quando o imperceptível banco de areia freou a embarcação, próximo à costa oeste da África, Corréard tenha instantaneamente pensado no calcanhar da embarcação. Ele sabia, a gente sempre sabe. Restava-lhe esperar pelo pior.

—

Invulnerabilidade. Os reis sofriam disso. Os países colonizadores sofriam disso. Os países modernos sofrem disso. Invulnerabilidade. A palavra é bonita. Forte como o significado, mas traiçoeira. A leitura atenta da bula indica que os sintomas adjacentes são presunção e poder. Os três juntos são vilões audaciosos, que nunca trouxeram nada de bom tanto para quem eles combatem quanto para o corpo que eles habitam. É uma espécie de cálice perdido. Leiam a história, está tudo lá.

Mais uma prova. O capitão da fragata detinha o título, mas não a experiência. Achou-se invulnerável comandando os marinheiros, poderoso, dono da voz emprestada do Rei Luís XVIII e foi presunçoso ao pensar que poderia acelerar o barco para reduzir o tempo da viagem, distanciando-se da rota já previamente testada. É, meu caro capitão, tinha um banco de areia no meio do caminho. Você deveria ter mantido sua promessa de seguir o mapa.

—

Considerada o voto mais sagrado de todos, a promessa feita às margens do Estige levou Semele a conhecer a verdadeira forma de Zeus e, igualmente, a morte. Foi pulverizada. Prometer e cumprir está caindo em desuso. Contudo, acho bonitas as promessas de ano novo, de amor, do filho à mãe, do pai ao filho, dos amigos aos amigos e da humanidade aos humanos. Só que me parece que como uma belíssima ninfa transformada em rio, as promessas deveriam ser cumpridas porque esse rio de poderes mitológicos deságua no Hades.

EU SEI, VOCÊS SABEM

Fora o GPS que pode usar com a sua quase precisão "vire à direita", "vire à esquerda em 100 metros", os dois lados da moeda podem comprar o caneco, calçar o chinelo e se aposentar. Já fizeram seu duro trabalho durante os anos que se seguiram à Revolução Francesa, nos gritos e fúrias dos girondinos e jacobinos.

Desgrudem, por favor.

E que siga o cortejo junto com eles os ventríloquos de ideias supostamente liberais, mas corrosivas de hipocrisia que no fundo atendem ao arroubo de pequenos grupos — sempre radicais porque carecem de horizonte — que berram igualdade, pureza, nacionalismo, castidade, religião, deuses, mitos e falácias, sem se lembrar do pendor da história para o looping e que o lema nós contra eles, deságua em uma cachoeira de sangue chamada barbárie.

Já temos problemas demais pela frente. Eu sei, vocês sabem.

Paz, meus amigos, paz.

SHAKESPEARE AND COMPANY

Hemingway imortalizou as moleskines e ensinou que as ideias podem voar rápido se não as anotarmos. Muitos escritores adotaram a prática.

Hemingway frequentava junto com Ezra Pound, F. Scott Fitzgerald, Gertrude Stein, George Antheil e Man Ray, entre outros artistas da idílica Geração Perdida, a livraria mais famosa de Paris. São três palavras que, segundo seu dono George Whitman, dão uma novela. Leia em voz alta e imagine: Shakespeare and Company.

De lá saí carregando livros em uma sacola simpática, que gostaria de guardar comigo, se ela não evanescer com o uso, que tem a seguinte e inspiradora frase do Voltaire traduzida do francês: *"Let us read, and let us dance; these two amusements will never do any harm to the world."*

Voltaire foi considerado um gênio para sua época e ainda o é hoje. Ele pregava a liberdade e, por isso, foi perseguido. Cá entre nós, um belíssimo axioma. Preso, exilado e condenado, nunca deixou de lutar pela reforma social, o livre comércio, a liberdade de imprensa, direitos civis e outras batalhas de uma imensa lista, que carregavam a sua bandeira.

—

Para quem ainda não passou do Pequeno Nicolau na língua francesa, a Shakespeare and Company garante curadoria e o conforto da leitura aos amantes (e viciados) em um livro de cabeceira. A visita e a cafeteria ao lado já garantem o turismo, mas o ponto-final (desculpem, não resisti) é o carimbo com a logomarca que eles estampam no seu livro, eternizando a lembrança.

—

É possível ter lembrança de quem você nunca conheceu? Eu tenho algumas do meu avô José Bushatsky. Elas vêm das histórias que minha avó Anna contava sobre ele: que me levaria ao cinema, ao parque, ao teatro. Também do humor e do jeito de sorrir para a vida que todos dizem que copiei do vô José.

Ademais, ele tinha uma editora e livraria jurídica na rua do Riachuelo. Até hoje quando o ambiente é propício e me solicitam o sobrenome logo perguntam se sou alguma coisa do José e emendam algum caso simpático. Vários, que à época eram estudantes, com parcos recursos, contam como ele os ajudou a comprar seus primeiros livros jurídicos parcelados na confiança da boa educação.

Fico feliz e vou *lembrançando*.

—

A história conta que, no começo, a Shakespeare and Company também atuava como biblioteca. De biblioteca quem entende é meu amigo Torero. Ele escreve sobre as mais diferentes, inusitadas e perdidas bibliotecas do mundo. No plural mesmo. Eu gostaria que elas existissem. E junto com outro amigo, o Marcus Pimenta, eles recriam os clássicos contos de fadas com direito à liberdade do leitor escolher dentre diversos finais.

Liberdade!

Liberdade que François-Marie Arouet, o Voltaire, já pregava há mais de duzentos anos, que Shakespeare já colocava em seus textos, mas que ainda não caiu no gosto (e exercício) popular.

Com o devido respeito e pedindo todas as autorizações (carece?) ao senhor já mencionado, gostaria de acrescentar um bocadinho na frase da minha sacolinha: *Vamos ler, vamos dançar, vamos confraternizar, esses três divertimentos nunca farão nenhum mal para o mundo e com certeza trarão mais tolerância e liberdade.*

Bem, pelo menos foi isso que escrevi na minha moleskine. Agora vamos ver se essa ideia resiste a uma boa noite de sono.

FÊTE DE LA MUSIQUE

Poucas pessoas tiveram tão boas ideias quanto Maurice Fleuret, o inventor e propagador da Fête de la Musique. Ele, de uma vez só, reuniu todos os gêneros musicais, guardou-os em um saco e, sem preconceito, decolou em um pequeno avião chuviscando notas musicais pela França sem fazer distinção de hierarquia ou origem.

Foi uma revolução. A cada esquina semeou-se um músico. Amadores e profissionais, tocando lado a lado, pela troca, pela alegria, pelo prazer de fazer música. Fleuret maximizou a oportunidade de tocar sem barreiras, preconceitos e medos. Só tocar. Só tentar. Quem quisesse te ouvir pararia e ouviria.

Assim, o primeiro Fête de la Musique foi lançado em 21 de junho de 1982, o dia simbólico do solstício de verão, o mais longo do ano no hemisfério norte. Outra boa ideia, não é? Escolher o dia com mais raios de sol à disposição para que a música e a França inteira dançassem, agitando passos e coreografias que, como ondas musicais, reverberaram para os vizinhos europeus.

Em mais de 120 países se comemora o sonoro Fête de la Musique, ou melhor, se comemora a liberdade, o calor, a boa cerveja, o bom vinho e a amizade. Em uma época em que a indústria fonográfica galopa numa competição de atletismo com saltos e barreiras, e a música reina nos streamings e na ponta dos fones, em outra categoria de distanciamento social, a festa chega chegando como alavanca para a interação.

Eu fui, de Pigalle ao canal San Martin, dançar e brindar os tímpanos com a minha mulher e nossos vizinhos. Em uma rua apertada a banda tocava um jazz hard bop, na outra esquina demos atenção a um DJ, que testava sua nova pick-up, enquanto olhares curiosos experimentavam sua batida. E mais abaixo, já no Canal encontramos um grupo improvisando uma MPB. As cores verde e amarelo riam sozinhas contrastando com o idílico "Chega de Saudade", de Tom Jobim e Vinícius de Moraes.

PIGALLEANDO

Onde tem uma estrada.
Onde tem uma estrada.
Onde tem uma estrada?

SE ESTA CARTA CHEGAR ATÉ VOCÊ

Se esta carta chegar até você, será um sopro a mais de felicidade para você saber que estou vivo. Tentei, como sussurramos nas nossas tardes de prazer e confidências, encontrar um pedaço de terra fresca, imaculada, nos remotos Pirineus para colocar no frasco que você me deu de aniversário.

Você desejava a mais fresca das terras, aquela ainda cultivada pelos embriões da vida. Cheguei perto. Os rastros do progresso podem ter me seguido até aqui, mas só por estes pés; de resto, é virgem.

Escrevo esta carta para dizer que estou vivo. Respiro o frescor da inocência e admiro a trilha das formigas enquanto ouço o gorjeio. É lindo. É pleno. À noite me preocupo com sons indistinguíveis vindos de uma orquestra pouco usual ou quase extinta.

O começo é meio fantasioso, mas depois a melodia mergulha como salto ornamental: precisa e plástica. Vejo as formas bonitas de nós dois, o caminhar alegre, o sorvete aromatizado, as águas prateadas do Sena, o frescor do entardecer e os abraços do cachecol compartilhado. Mesmo dormindo, sei que choro. Chego a pensar que foi tudo um grande engodo e não tenho motivos para revê-la em toda a minha vida.

Seu último pedido veio acompanhado de desejo e súplica. Acertou-me na cabeça tal qual lenhador e árvore, rezei para ser mentira, mas era verdade. É difícil falar com honestidade e você falou, você que me fez ver que nem sempre preciso tomar banho antes do jantar, que podemos largar um filme no meio e que, de um ponto ao outro, existem milhões de outros pontinhos. Infinidades.

Minha busca começou no dia que te deixei entre lençóis brancos, assépticos e o bálsamo da naftalina. Corri para que seu desejo chegasse antes das badaladas do destino. Roguei-lhe pragas porque o achei desonesto e traiçoeiro, mas depois, durante minhas tormentosas noites de descompassos melódicos, entendi que ele só fazia o seu trabalho.

Achei-a! Sim, volto com a terra pura, pura terra, no frasco em que se lê Eu & Você, Você & Eu. Atingi o objetivo e como você solicitou vim sozinho, vim destecnologizado, vim destoxicalizado. Contudo, como atingi o objetivo, volto o mais rápido possível. Mas tenho medo de mais um golpe do destino. A volta demora mais, a paisagem me enfada, a música dói e a sinalização mostra quão longe estamos. Bem eu, que vivi o pleno, o intocado.

Corro desesperado com o frasco na mão pelos corredores de portas análogas. O suor pinga no chão, perdi a referência, estou preso entre espelhos. O desespero ativa a intuição e encontro a maçaneta, abro gritando por você, abra os olhos por favor, abra os olhos por favor, ainda tem terra fresca nesse mundo.

EU NUNCA SOUBE DANÇAR

Reencontrei-a no quarto do ninho vazio, quando faxinava a casa antes de entregá-la aos novos moradores, que, como nós, seriam felizes com a celebração do Pessach e a mantinha que aquece os pés nas noites dedicadas à família, em frente à televisão.

Sempre achei que morreria naquela casa, não foi o caso, ela morreu antes roubando um pouco da leveza e escurecendo as frutas que nunca mais foram maduras. Com o passar do tempo, meus filhos, zelosos, decidiram que revezariam minha guarda e eu passei a brincar com os meus netos enchendo os pneuzinhos de suas bicicletas de doces lembranças de afeto.

Sempre achei que a infância deveria ser bem tratada. Uma criança feliz faz um mundo feliz.

Ah, chega! Deixe-me pescar as borboletas dos devaneios e voltar para a arrumação, para o quarto, que um dia foi do caçula, e para aquele diário feito de chocolate, que trazia a primavera de nossos primeiros encontros.

As lágrimas desprenderam-se respondendo às minhas emoções. Estava lá o aroma do sorvete de figo no Marais; duas bolas, uma casquinha, muitos risos, em nossa primeira viagem internacional.

O primeiro tombo do Oliver, a primeira vez que fomos chamados à diretoria para falar sobre o Pierre, as aulas de dança da Louise. Se tudo isso se repetisse, ficaria mais um pouco.

Marejado, escolhia as páginas ao léu buscando fragmentos e descobrindo o que chamará a sua atenção. Falávamos sobre tudo, mas nem de tudo podíamos falar. E foi em uma página desregrada que li sobre o nosso primeiro encontro.

Lembro até hoje. As primeiras memórias são as que mais ficam. Ela vestia vermelho e eu terno escuro e chapéu. Eu ia às festas, mas nunca ia aos bailes, porque, para dizer a verdade, eu nunca soube dançar. Mas, naquela noite eu fui, meu primo insistira. Sentei em uma das cadeiras que ficavam em volta da pista de dança, enquanto meu primo tirava todas as moças para um twist.

Quando o relógio bateu meia-noite e o alívio de que logo estaria em casa confortou meus pesados olhos de sono, vi aquela que mais tarde seria minha companheira entrando no salão em um elegante vestido vermelho. O toque de delicadeza surgia de um laço amarelo preso ao cabelo cacheado como um arranjo de flores.

Pode ter sido impressão minha, mas achei que todos sentiram a sua presença. Para minha alegria ela não notou e sentou-se ao meu lado. Puxei o diário para perto dos meus olhos e li: *"Estava cansada. Minha mãe me obrigara a ir ao baile. Já tinha faltado algumas vezes e começaram a fofocar. Ela odiava fofoca. E eu também. Coloquei o vestido que vovó me dera, meu laço amarelo da sorte e fui, pensando que quanto mais tarde chegasse, mais cedo iria embora. Mas quando entrei no salão, senti a atenção do baile e a calma de um rapaz que assistia aos passos com a mesma energia que a minha. Sentei-me ao seu lado. O tímido mal olhou para mim, mesmo querendo olhar, e tive que chamá-lo para a próxima música. Ele recusou. Disse uma frase estranha: "Eu vou às festas, mas nunca vou aos bailes porque, para dizer a verdade, eu não sei dançar." E eu lhe respondi avermelhando mais que o vestido: quem disse que eu sei. Puxei-o para uma dança de que meus pés se arrependeriam, mas meu coração jamais."*

A buzina chamou-me. Guardei o diário debaixo do braço. Podia viver sem ela, mas não poderia mais ficar sem ela. A buzina mais uma vez. Meu filho me esperava e já podia ouvir a voz ansiosa do meu neto chamando pelo avô. Ele estava alegre, já tinha colocado as *boinhas* amarelas no braço, iríamos à piscina do clube naquela tarde.

PSEUDOLOGIA FANTÁSTICA

Sofria de *pseudologia fantástica*. Não que soubesse, mas sofria, e para um historiador era o pior que poderia acontecer. O termo que não inventei, mas gostaria de ter inventado, refere-se ao sujeito que conta histórias estilo novelo de lã, sobre a sua vida, que podem ou não ter acontecido. Mais rococó do que barroco porque tem delicadeza, elegância, sensualidade e um toque de graça. Tudo que agrada ao ego e aos ouvidos.

Os jantares que ele e sua esposa, uma atriz que nunca tinha atuado, a não ser nas histórias de Jean, ofereciam, tinham nos detalhes a sofisticação, música na vitrola e *enfeitiçante* alegria nos lábios do anfitrião.

Ele não diria que esteve na Lua com Armstrong, mas que estava no centro espacial brasileiro no dia, estava. Do muro de Berlim, tinha um pedaço. Ficou, infelizmente, empoeirado pelos destroços do 11 de Setembro e seu avô paterno perdeu dinheiro no crash da bolsa de Nova York.

O historiador, no começo, se colocava à margem da história, porém com o tempo e o interesse da mesa, ele e sua musa remaram ao miolo, segurando a bandeira e cantando o hino; heróis e protagonistas de vários fatos importantes, felicitando-se, de bom grado, ao final de um bom jantar, enquanto degustavam o buquê Courvoisier.

Exaltado pelo perlocutório e com a bajulação nos risonhos olhos dos convidados — além do calor caramelado — chegou a dizer que já fora eleito presidente de um país pequeno e desconhecido numa ilha perdida na ensolarada América Central. Feito que deve à sua Mona Lisa, uma perfeita primeira-dama.

Diplomático, recusou elegantemente as divi-divis! Eles precisavam de público e nas praias desertas só discursaria para caranguejos.

Um dia, entusiasmado com seus estudos sobre a Revolução Francesa, chegou ao ponto de se dizer francês. Seu sotaque não deixava dúvida. Melhor: seu tataravô lutara ao lado de Napoleão. Tinha, inclusive, provas. Os outros riam de Jean e ele ria dos outros. Não sabiam de nada, não imaginavam nada. Sua plateia, suas histórias, sua vida, Jean e a atriz, a atriz e Jean, percorrendo para sempre os palanques da afeição social.

AQUELE QUE FOI CANDIDATO A NÃO GOVERNAR PELA SEGUNDA VEZ

Ninguém à vista, só os ecos do vento, desconcentravam, um pouco a missão. Rastejei por baixo da cerca de arame farpado e arranquei numa corrida desregrada e furtiva como se balas voassem em minha direção pelo gramado que levava ao casarão estilo colonial. Toquei, no último gole de ar, a campainha e nervosa cuspi meu desejo enquanto a porta abria rugindo: "Tenho uma curiosidade insaciável sobre o seu irmão morto, aquele que foi candidato a não governar pela segunda vez."

Como se já esperasse o dia em que uma jornalista aventureira percorreria o sertão atrás de uma boa matéria de capa, lhe tocaria a vida e seu pedaço de paz, no interior distante, o recluso homem ofereceu-me, com calmíssima calma, num ato já planejado, café, que ele mesmo plantava, colhia, moía e passava. E que viria pouco coado, forte como um touro.

— Por que quer saber? Já faz tanto tempo.

— É isso o que diziam os áulicos.

Um sorriso forjou-se.

— Meu irmão nunca foi bem compreendido.

O esforço da simpatia se fez presente.

— Se o senhor me permite, podemos combinar que ele era dono de uma inigualável miscelânea de conceitos que, no mínimo, revelava como funcionava a cabeça dele.

— Faziam sentido na época. Você lembra as pesquisas de opinião?

— Lembrar, não lembro porque era muito menina na época, mas fiz minha lição de casa.

— Ele era bem aceito.

— Sempre terá algum tema que faça sentido, ou melhor, em que alguém veja um sentido.

Um suspiro longo. Uma mordida no bolinho de chuva, outra na broa de milho.

— Minha mulher que faz, experimente. Já vai ter valido a viagem.

— Quietude. Ele continuou: — Você veio afiada. Eu esperava alguém. Já faz um tempo que espero por alguém, bem por essa visita, mas confesso, imaginava alguém mais velho e...

— Homem.

— Não ia dizer isso, mas, de certa forma, sim.

Continuei o assunto, sabendo que em breve ele poderia interromper a conversa.

— O que me intriga é por que ele deixou as mortes avançarem como catapultas durante o mandado dele.

— O vírus não foi culpa dele.

— O vírus não, é verdade, mas a bagunça administrativa e o descaso pela dor alheia, consolidando o Brasil como campeão mundial da pandemia, podemos dizer que foi. Finalmente um primeiro lugar.

— Ironia? Agora? Eu estava lá. Ele tentou de tudo. Leu de tudo...

As sobrancelhas duvidaram.

— Ok, não leu, mas ouviu de tudo e a todos. Se inspirou nos grandes líderes mundiais.

— Líderes mundiais? Acho que escolheu mal e se inspirou sob a égide do discurso de sanatório perpetuado ferozmente, vazio de sentido.

— Você escolhe bem as palavras para alguém da sua idade.

— Obrigada, fiz...

— Sua lição de casa, já sei.

Corei, confesso.

— Sabe, a verdade é que nem tem mais verdade. E vim morar aqui não pela vergonha, mas pelo cansaço combativo. Ele foi quem foi. Populista, sim. Sem muitos acertos, sim. — Mais um gole de café. — Agora você não pode negar que ele era dono de uma forte vontade de ser alguém, de ser notado, que saiu do baixíssimo degrau da república e virou quadro no panteão presidencial.

— Nem o primeiro, nem o último.

Ele abriu as mãos em sinal de *c'est la vie*.

Já eu, dei um gole no café, embrulhei dois bolinhos de chuva no guardanapo de pano, puxei o ar com força e saí veloz traçando o mesmo caminho da vinda. Ouvi-o gritar: "Ei, menina, você esqueceu o seu caderno."

Foi a minha primeira grande entrevista. De tão nervosa nem tinha anotado nada, só a cola para palavras que me fariam parecer mais inteligente e muito mais velha. Porém aprendi que da próxima vez comprarei a passagem de ônibus para o dia seguinte. A gente nunca sabe quanto tempo o tempo nos dará. Se bem que o pessoal da redação do jornal universitário ia me matar se eu gastasse o dinheiro dos fanzines com uma diária de hotel.

No ônibus saboreei o segundo bolinho — o primeiro comi de uma vez só, estava uma delícia — enquanto o verde passava ralentando pela janela. Ele adoçou o gosto do café, que tinha ficado grudado na minha garganta, um pouco como lama, um pouco pelo nervoso, um pouco como lembrança do que eu tinha corajosamente vivido.

ÚNICOS

Somos únicos. DNA e impressão digital provam a tese e o mantra. Os psicólogos reforçam a estima pelo nosso *eu*, individual, potente, respeitado. Mas devemos considerar que quando você pega o avião e a três fileiras tem um rapaz vestindo uma roupa similar a sua, com o mesmo moletom que você usou dois dias atrás, o mesmo celular e o mesmo computador... humm... algo intrigante tem aí. Naquela ida ao banheiro do meio da noite ele também está lá, você puxa papo e descobre que ele estudou as mesmas coisas que você, teve experiências parecidas e tem quase o mesmo gosto musical. Humm. Tem algo aí. A diferença é que ele é da Inglaterra e você da França. Humm. Complexo se descobrir um pouco menos único. Humm. Difícil! Você usa o banheiro e segue para o seu assento para pensar na globalização, nos estereótipos, na vida e naquele moletom que você comprou em uma loja de departamento qualquer.

HITCHCOCK/WALLY/TRUFFAUT

Acrescentei ao título do icônico livro de entrevistas realizado durante um quente e seco verão californiano, em uma sala entupida de ar refrigerado, encaixotada dentro de um imponente estúdio da era de ouro hollywoodiana, o personagem que, digamos, deixou a infância de milhões de crianças mais feliz.

Cara, onde está o Wally?

Quem tivesse o livro ganhava pontos com os colegas. Várias aventuras o magrelo Wally percorria. E esquecia as coisas no caminho. Perdia outras. E nós tínhamos que achar tudo por ele. Até a namorada Wanda ele perdeu! De nascença, Wally é britânico, mas sempre o associei a um francês por causa das listras. Vestia-se de vermelho e branco e desvendava tantos mares quanto os marinheiros de azul e branco.

Será que Martin Handford perdia muitas coisas quando criança? Era fã do achados e perdidos? Sua mãe era complacente ou severa? Será que assistia a muitos filmes? E partindo do pressuposto de que assistia, deliciou-se com as obras do mestre entrevistado por Truffaut.

Cara, onde está o Hitchcock?

Mais que uma breve aparição, uma partícula a ser identificada. Sem ela, o filme não fechava. Estava incompleto. Você não o viu entrando no ônibus? O público chegava a perder o foco na história só para tentar identificar Hitch. O cineasta, dando-se conta disso e não querendo prejudicar a sua obra, começou a dar o ar das graças nos minutos iniciais da película. Pronto, ali está Hitch.

E driblando o calor, refugiou-se na pequena sala junto com os outros dois, Philippe Halsman.

Cara, quem é Philippe Halsman?

Um pouco menos conhecido do grande público, porém tão inventivo quanto, ele é reverenciado pelas suas capas de chapéus para Life e pelo método Jumpology. Teve a sorte de presenciar o encontro do cinema francês-americano-britânico, que viraria livro de cabeceira dos cinéfilos.

Sorte não, talento. Os dois andam juntos, certo?

Como na sala só cabiam os três e Hitchcock é famoso por esconder o que pensa, Truffaut por adorar uma edição, Philippe era o único que tinha a íntegra daquela conversa na cabeça.

Se fôssemos o Wally percorreríamos as vastidões inalcançáveis de outrora em busca de aventura, magrinhos passaríamos pela fenda da história. Mas sofrendo da mesma sina do personagem perderíamos os trechos decapitados pelo bem da concisão.

OS MENORES DETALHES

Ele a contratara para escrever absolutamente tudo o que ele disses-se ou fizesse. "Siga meus passos e se surgirem lacunas, advertiu-a, preencha com um toque de literatura, mas seja precisa." Fizera ques-tão de escolher a melhor do curso de datilografia. A mais rápida, a mais eficiente, a nota dez. E conseguiu. Ele tinha seus contatos.

Ela era nova, imatura, inteligente e ansiosa por mostrar resulta-dos. Era seu primeiro emprego e o contato com o mundo real dos negócios a maravilhava. O sorriso só a deixava quando entrava no ônibus lotado, mas, mesmo assim, por pouco tempo porque logo co-meçava a rememorar os acontecimentos do dia. Era exaustivo anotar tudo que aquele homem fazia, dizia, performava, às vezes, gritava, mas tinha valor. Ela sabia, tinha valor.

Uma vez ele a corrigiu porque ela se esquecera de uma breve pau-sa para o lanche da tarde com dois de seus assistentes. A situação parecia inofensiva. Pois bem, fora lá que ele dera início a um de seus grandes planos, um capaz de mover montanhas, secar oceanos e fin-car bandeiras em terras estrangeiras.

Quando contava em casa o seu dia, a família ficava incrédula. Por um lado, gostavam, ela tinha um emprego e havia uma fila de desem-pregados capaz de lotar um estádio, por outro, eles se esforçaram tanto, reduziram aqui e ali, deixaram de fazer pequenas delícias para, depois de anos de dedicação e estudo, ela passar o dia anotando, escrevendo, abusando da caligrafia para depois passar a limpo o que uma pessoa fazia ou dizia que fazia.

Ele repetia diariamente que ela tinha que anotar tudo porque, segundo ele, uma mentira dita mil vezes vira verdade — não que a sua própria história fosse uma mentira — era só um jeito de dizer; depois seus biógrafos selecionariam ou dividiriam em capítulos suas grandes conquistas. Não seria sonhar pouco que a própria Britannica dedicasse em vez de um parágrafo, páginas inteiras a ele.

Ela era jovem, ambiciosa, delicada, deslumbrada, mas mesmo assim nos seus mergulhos internos, aqueles no ônibus às cinco da manhã, se perguntava constantemente a que ele se referia. Do que ele estava falando, exatamente? Tinha gente trabalhando para ele. Equipes, telefones, salas, recepções, copiadora, mas de fato ela não fazia a menor ideia do que aquele homem enorme e cheio de energia realizava.

Ele andava rápido como se estivesse sempre tentando ganhar dos seus pensamentos; assistentes e secretárias vinham atrás em marchinha tentando fisgar uma direção. Quando em um parêntese tentou lhe perguntar o que acontecia naqueles nove andares, ele lhe respondeu "os menores detalhes escondem os maiores acertos".

Em uma reunião confidencial, em que estratégias seriam montadas ao longo de noites intermináveis à base de delivery e café, um de seus assistentes pediu para que ela deixasse a sala, ele interveio, ela ficou. Ela o admirava, era tudo novo, era tudo belo.

Um dia, quando os dois estavam no carro e a chuva engarrafara as vias, confessou sem jeito estar certo de que fora selecionado, escolhido, apontado por Deus como um de Seus representantes, por isso a necessidade de anotar tudo milimetricamente. Afinal, milimetricamente é, sim, uma medida grande. O motorista parecia já ter ouvido essa passagem, mas ela a ouvia pela primeira vez, um pouco espantada, um pouco admirada, um pouco encantada. Ele seguiu: "Milimetricamente é o cálice da edição. Uma palavra deletada, uma foto reenquadrada, um vídeo cortado. Ah, o poder milimétrico de transformar realidades."

Naquela noite, ela sonhou com ele. Estavam dentro de uma maquete do centro de São Paulo, caminhando. Os prédios e os adereços pareciam artificiais, mas a confiança dele na direção que deviam seguir, a motivava, hiper-realizando a situação. De repente, sentiram pequenas ondulações no chão de papel paraná. Eram passos de gigantes tremulando o chão. Pelo menos seis deveriam estar a caminho. A intensidade da Escala Richter despedaçou vidros e explodiu postos de gasolina, até que a pata de uma imensa formiga apareceu. Ela era grande, musculosa, imponente e se movimentava rápido. Encarou-os na regra do quem pisca primeiro, com seus olhos tridimensionais, misturando respirações e expirações no pequeno espaço entre eles. Ela acordou apavorada e *febriou* durante o resto da noite.

Cansada, compareceu ao expediente, mas a mente viajava, enquanto a mão fazia seu trabalho. A nitidez da formiga e o realismo do sonho mexiam com as sinapses: enxergava formigas no corredor do escritório; quando se maquiava, elas brotavam do nariz; e por vezes, podia jurar que elas tentavam falar com ela. Um dia, aconteceu na copa, enquanto tomava um café açucarado. A formiga tentava contato. Queria conversar. Quando se aproximou para ouvi-la, no lugar da antena, o rosto do chefe. Abandonou o café e se foi.

Passada a tormenta, o escritório tomava cada vez mais o tom avermelhado fantasmagórico. Tudo funcionava, inclusive a contabilidade, é verdade, mas tinha algo ali que não batia bem. Poderia ser, quem sabe, a nova excentricidade do chefe: monumentais gargalhadas. Constrangedoras pela duração e pelo volume. Porém as palavras continuavam a sair da sua boca numa habilidade para rir e falar ao mesmo tempo que ela nunca tinha visto igual. Queria vê-lo comer, rir e falar ao mesmo tempo. Ele conseguiria!

Um dia ficaram a sós. Era raro, ele sempre estava cercado pela guarda real. Aproveitou o momento para lhe perguntar se ele estava gostando do trabalho dela. Espantado com a óbvia resposta que a pergunta exigia, ele disse que claro que sim. Então, usando de aforismos e meias-voltas, perguntou se mesmo as gargalhadas ela deveria anotar. Ele respondeu que seu senso de humor não poderia ficar de fora. Ela balançou a cabeça afirmativamente, imaginando uma página inteira só de risos. E quando ninguém mais apareceu e os sons repousaram em silêncio, e o peso do ar ficou insustentável, ele ajeitou o cabelo dela, *enrubescendo* a juventude.

Dois passos atrás no tempo, um computador e internet, levaram-na a descobrir que desde pequeno o chefe era conhecido pela sua mania de catalogar. A primeira manifestação foi aos 5 anos em uma loja de utensílios domésticos. Colocado de lado para brincar enquanto o pai fazia compras, ele começou a organizar uma prateleira de panelas. As tampas acharam o seu destino. Ao ganhar a escrita, preenchia agendas com prazer sublime como se fossem teses de doutorado. Foi dormir admirada sem saber que o dia seguinte reservava uma surpresa.

Quando chegou ao escritório, ele já a esperava. Partiram tão logo ela pisou na recepção. "Aonde vamos?" "Você vai ver, já estamos chegando." E meia hora depois chegaram a um armazém, refrigerado, com vários boxes e várias etiquetas. Ela olhou em volta admirada e tentando captar a riqueza dos detalhes dos três imensos andares.

Ela: O que é isso aqui?

Ele: Tudo que eu fui e sou até hoje.

A visita demorou algumas horas e a tarefa dela era voltar lá todos os finais de semana para catalogar (talvez em mais de 2 mil páginas) o conteúdo. Provavelmente Hércules teria desistido, mas ela não. Fisgada pela curiosidade e pelo empenho, prometeu terminar o quanto antes. Ela queria saber mais sobre o Gatsby que se erguia na frente dela.

Passado um tempo e os doze trabalhos chegando à metade, ele entrou aos gritos na sua sala. Procurava por um post-it amarelo. A gargalhada de outrora enrocara e uma corda vocal *saltinhara* para o lado, deixando a coisa toda sinistra. Os pés não se continham e ele gritava por um post-it, padrão, pequeno, amarelo, que poderia ter facilmente voado, quando a cola cedesse. Ela nunca tinha visto ele naquele estado. "Você não viu meu post-it?" "Não, não", respondeu com os olhos. Mais transtornado, voltou a perguntar: "Você viu meu post-it?" "Não, não." "As câmeras de segurança mostram que você foi a última a entrar na sala." "Câmeras?", espantou-se. Manteve a calma. "Entro lá todos os dias, você sabe. Perdeu agora?", perguntou querendo ganhar tempo. "Dei falta há cinco minutos." Deveria ter sua importância, pois no tempo de cozinhar um macarrão, o homem já tinha escoado.

Encarou-a sério: "Viu ou não viu o post-it?"

Ele tinha três pequenos pontinhos, cada um dando vasão a uma anotação, três palavrinhas, uns números, uma senha, detalhes pequenos, mas atômicos, energéticos, suficientes para causar estragos. "Tudo o que eu faço, existe. Você acredita, não?" Desmontou-se na cadeira como lenhador faz com árvore, cafunou o cabelo e com tristeza e cansaço murmurou "os menores detalhes se foram".

PIGALLEANDO

Para mim, tudo se resume a jogar papel fora.
A sensação de dever cumprido é impagável.
Se possível, rasgo em pedacinhos.
Deixa a tarefa ainda mais saborosa.

VONTADE

Sempre quis dar um soco bem no meio do focinho do Zé Antônio. Não aguentava ele, suas caretas e sua zombaria sem sentido. Ele humilhava os outros com aquele nariz metido. E eu queria muito dar um socão bem no meio daquela cara bolachuda. E foi isso que fiz assim que cheguei à escola. Gritei: "Ooo, Zeéé!" Ele virou com aquela cara de paspalho dedo-duro e eu acertei um soco no meio da cara dele. Fiz direitinho como tinha planejado. Que mira, que precisão, que alegria.

(Todos nós temos nossos Zé Antônios, nossos muques e nossas razões.)

—

Como é bom gritar alto: sou pão-duro mesmo e daí?!

(Nunca prejudiquei ninguém, deixei na mão, roubei, matei ou agi com falta de ética.)

—

De abocanhar uma baguete quentinha sem dividir com ninguém andando perdidamente pelas ruas de Pigalle.

Ou

De comer uma tortinha de morango recém-saída do forno. (Quem disse que dá dor de barriga?)

—

Nadar pelado. Dormir pelado. Viver pelado.

~

Dizer: essa comida está ruim. Não é sua culpa ou é, não sei, mas está ruim e não tem problema.

(Alguém quer pizza?)

~

Colocar discretamente no bolso, sem o garçom ver, a manteiga que vem junto com a cestinha de pão do restaurante e depois derreter em cima da pipoca de micro-ondas, enquanto assisto a uma comédia romântica.

~

Tomar chuva, molhar a camiseta e principalmente o tênis e não se preocupar com o resfriado (e a bagunça). É gostoso ficar encharcado.

~

Escolher a viagem na rodoviária.

Escolher a viagem no aeroporto.

Deixar o GPS escolher a viagem quando ele entender errado o que você disse.

~

Aconteceu, foi feio, doeu, eu sei, eu entendo, compadeço, mas... É que eu não gostava dele mesmo.

(E nem foi minha culpa, inclusive a gente não se fala há anos.)

Não se preocupar que o leite na chaleira vai derramar e o pão da torradeira vai queimar, o importante é aquele beijo nunca terminar.

—

De conversar com uma gárgula para saber como era aquele passado antes de virar pedra.

—

De ouvir desculpas da certeza e de pedir desculpas pela incerteza.

—

De voltar no tempo e pedir de novo minha mulher em casamento. Tem brilhos que seguem os eclipses.

—

De cultivar um girassol ou ser um girassol. Sempre iluminadas, essas plantas bronzeadas sabem curtir a vida.

UM PAR DE MEIAS

Aprendi logo cedo a importância das cores que você escolhe para as suas meias. Acredite, elas dizem muito mais do que você imagina sobre você. Para ficar no básico: brancas só se for para jogar tênis. As outras cores com certeza te trarão mais charme e personalidade. Se você conseguir usar as coloridas com pequenos símbolos, aí você está na categoria dez — descolado. Cuidado: a linha entre as imagens bregas e as verdadeiramente cool é tênue e para ganhar essa disputa da moda confie unicamente no seu bom senso. Pense, reflita, discuta, vale a pena.

HAVAIANA

Os chinelos Havaianas de tira azul e o corre-corre das ladeiras era gravado pela câmera do celular do amigo, um modelo barato, que junto com um computador montado e desmontado repetidas vezes, gerava os posts da dupla.

Faziam sucesso contando as aventuras da pré-adolescência. Uma pipa a sol a pino tem valor nessa idade. A primeira paixão e a conturbada confissão explodiram em likes. Eram carinhosos, meigos, queridos. Esses e outros vídeos enchiam a página dos amigos. Os comentários dos colegas deixavam os dois mais cheios de si.

Como a casa de Rafael ficava mais acima, ele passava pela de Felipe, assoviava em ritmo de gozação e seguiam para a escola. As matérias entravam pela orelha da amiguinha Ana, que copiava a lousa, sem deixar escapar suspiro e desânimo nenhum; e depois compartilhava com os amigos, inclusive cobrando a lição. O professor era esforçado no limite da paciência diária. E isso dependia do fiado da noite anterior.

As carteiras da escola bem como a cesta de basquete e a rede do gol careciam de manutenção. A escola era assombrada pela falta de interesse. Esta, infelizmente não só dos políticos, dominava também o povo cansado do abandono e da desinformação.

Libertados pelo sino, celular carregado durante a manhã — já tinha uma tomada reservada para isso na sala de aula —, estavam prontos para a manutenção do canal. Uma série sobre skates fazia bastante sucesso. Dessa vez foi Rafael que atuou, ele arrepiava nos *halfpipe* improvisados em valas, que um dia, um dia, seriam piscinões para escoamento de água da chuva. Felipe atuava quando o assunto era dança. O garoto nascera com o samba nos pés.

As tardes se retardavam a acontecer quando um dos dois tinha que ajudar os pais em alguma atividade doméstica. Zelar pelo irmão mais novo, dar uma força na mecânica do pai, correr ao mercadinho na falta de algum ingrediente para a mistura da noite.

Decerto, nessa idade e com boa família, eram todos felizes. E pela popularidade dos vídeos, gozavam de certa fama nas redondezas. Sorrisos estampados, uma vida inteira pela frente e a energia saltando feito espoleta de festa junina, ajudaram a agravar o impacto lamacento provocado por uma chuva de verão.

O projétil entrou pela esquerda, abaixo da axila, de baixo para cima, provocando lesões no pulmão e no coração e instalando-se na altura do ombro esquerdo de Felipe. A outra, atingiu Rafael pelas costas cortando-lhe o coração.

Os corpos só foram descobertos pela família ao final da extenuante jornada de trabalho e após a liberação da área pelas autoridades. Eles terminavam um vídeo e naquela tarde não teve o aguardado post. Teve desespero, desamparo e desumanização.

HAVAIANAS
(Parte 2)

Em nota a polícia divulgou que o tiro foi disparado de um fuzil. Arma utilizada frequentemente pela corporação quando "a coisa saía do controle". Pesquisa revela que não tinha nenhuma "operação" marcada para aquele dia. Ficou tudo no ar, tudo com as aspas, que é uma invenção da imprecisão. Contudo, a corregedoria ainda investigava a autoria do disparo. Abre aspas. Fecha aspas.

Enquanto isso, não muito longe dali, Fátima chorava a morte do filho. O enterro simples comovia pela união e solidariedade. Pequeno, modesto e solene. Os dois foram enterrados próximos. Parcas manifestações por parte de órgãos ligados aos direitos humanos chamaram atenção e intolerável foi o descaso da polícia.

A brutalidade estava enraizada. Capilarizada como bicho do mal. A devota Fátima orou para sua santa. Confessou pecados na paróquia. Bravejou e riu de dor com os familiares, tentando em vão aniquilar o desejo de se fazer ouvir. Já era tarde, a revolta florescera nos seios da mãe.

Sentia-se amarrada diante do linguajar técnico dos investigadores e em outro planeta quando na sala dos advogados. As respostas simplesmente não chegavam, estavam estacionadas, engarrafadas e pareciam fazer o trajeto do aprendiz de autoescola.

Pensou, então, em irromper na sala do encarregado da operação. Pedir explicações. Exigir explicações. Um ato de respeito pelo luto dela, pelo absurdo da situação. Ela o fez e calorosamente foi posta para fora, enquanto seu cafezinho esfriava na mesa do delegado.

Juntou-se a outras mães que sofriam da mesma sina, renegada a uma atitude louvável, importante e impotente. Manifestou, brandiu bandeiras e gritou enfurecidos números do descaso. Felipe nunca mais voltou para casa. A perícia nunca achou um culpado. Já Fátima achou amargura, tristeza e, com o tempo, o desértico perdão.

NÃO CONSIGO RESPIRAR

A polícia voava como ave de rapina à procura do peixe atrás do Chevrolet anos 1990, que desesperado virava de esquina em esquina atrás de uma sombra. No carro, três adolescentes de classe média alta, dois negros e um branco, que tinham resolvido "aprontar uma", expressão que mais tarde usariam na delegacia, roubando um carro, que eles consideravam abandonado, mas não estava e tinha como dono um policial infiltrado no tráfico de drogas.

Os dois policiais que seguiam o Chevrolet não sabiam de nada disso. A sirene esperneava e o rádio comandava apoio. Os moleques perderam a direção do carro, que rodou algumas vezes e colidiu, estourando um poste de energia. A polícia fechou o cerco e pediu para que eles saíssem do carro devagar, devagar, com as mãos para cima e sem gracinha.

Eles estavam se mijando de medo, pálidos, pensando em justificativas e culpando um ao outro pela situação. O primeiro a sair foi Giovanni que pedia, o que ele mesmo não tinha: calma aos amigos e aos policiais. Giovanni, negro, 18 anos, o pai economista, a mãe professora universitária, inteligentíssimo, já tinha passado no vestibular para medicina na Federal.

Em seguida, Arthur, o motorista, tirou o cinto de segurança, cobriu com as mãos o rosto pedindo por alguma intervenção divina e abriu a porta. Arthur, negro, 17 anos, o pai administrador de empresas, a mãe apresentadora de um programa matinal de grande popularidade, orador da turma e recém-ingresso na faculdade de direito e fortíssimo candidato ao Instituto Rio Branco.

No banco traseiro, imobilizado feito veneno de bicho ruim, Rafael, branco, 18 anos, o pai falecido recentemente de câncer e a mãe uma das líderes empresariais mais respeitadas do mercado, estudava jornalismo e almejava uma carreira como correspondente internacional.

Rafael presenciou do banco traseiro a cena que mudaria a sua percepção de mundo.

O rádio finalmente identificou o carro e disse pertencer a um traficante. Os dentes dos sete policiais e três viaturas, cerraram-se. Estavam há duas horas perseguindo esses malditos, um calor do inferno corroía seus julgamentos e um moleque gritava ser Giovanni e que estava desarmado. E pedia calma. Se estava desarmado porque foi pegar alguma coisa na mochila, porque sorria tanto, era medo ou inconsequência, por via das dúvidas tinham sacado a arma e quando Giovanni virou para mostrar a mochila vazia, reparou que tinha uma bala alojada na coxa esquerda.

Um tiro muda o significado da ação disparando o tempo em câmera lenta e levando à mente dos presentes preconceitos raciais, medos, salários porcos, uma sociedade injusta e tóxica; e levando a decisões desproporcionais balizadas pelo treinamento ineficiente e a dureza da realidade.

Em instantes imobilizaram Arthur. Jogaram-no no chão e pressionaram o joelho em seu pescoço. De dentro do carro, Rafael gritava para que parassem, mas ninguém ouvia. Nem ele. O veneno já se espalhara pela corrente sanguínea ceifando seus movimentos e atitudes. Na troca de desentendimentos, os policiais diziam a Rafael que ia ficar tudo bem, que se acalmasse, que logo estaria em casa e de certa forma comemoravam o sucesso da operação, pois achavam que Rafael era um menino de Ipanema que tinha ido comprar maconha na hora errada e acabara vítima de sequestro relâmpago.

Rafael gritava para consertar o engano, mas quem ouvia?

Arthur tentou contar que era estudante, tinha família, amigos, parentes, futuro. Em troca de cada palavra giravam ainda mais o cabo triturador. Arthur ter 17 anos piorou tudo. Mais uma infração.

Gritavam para ele se calar que na delegacia poderia contar a sua versão dos fatos. Esqueceram que o medo, a sova e o esculacho, mexem com o perseguido colocando o desespero na rua e fazendo Arthur reverberar-se em agonia como peixe fora d'água. A desajeitada manobra levou o joelho do policial às últimas consequências. A águia tinha pego seu peixe. Arthur arrebentado alentou: "Não consigo respirar."

Intermináveis minutos contaram-se até o policial tirar o joelho do pescoço de Arthur, sem perceber que ele tinha parado de responder e que o racismo tinha enforcado mais um em um galho de Aroeira.

NÃO CONSIGO RESPIRAR

(Parte 2)

Ser o rosto de uma instituição tem o seu preço. Mia sabia disso e evitava sair de casa desde a última ida ao supermercado. Uma mulher nitidamente alterada aproximou-se a um palmo de seu nariz e cuspiu sua ignorância. Mia não reagia, mas sentia vergonha por ela e pelos outros. Preferia o silêncio ao confronto em público. Sabia que distorções não eram corrigidas na fila do caixa.

Após a morte de seu filho Arthur, Mia tinha se afastado do programa, mas agora sua licença expirava. Podia pedir mais tempo, a emissora entenderia, porém, se ficasse mais um dia naquela casa, ela enlouqueceria.

As inúmeras entrevistas que concedera após a morte do filho tiveram um efeito entorpecedor e até de luto, mas a morte de um filho exige muito mais esforço do que a ordem normal da vida. Ao seu calvário diário — reclusão quase obrigatória — somou-se a perda do seu único filho.

Participou das manifestações, engajou-se em causas distantes da sua condição de estrela errante tentando em vão apaziguar a dor. Atraiu olhares e ouvidos para os gritos. Nitidamente sua ajuda fez os diálogos se pacificarem e a hostilidade ser refletida. Mas essas coisas duram pouco. É necessário pressionar a tecla infinitamente para que as pessoas atinem.

E ela? Ela não era só Mia, a jornalista e apresentadora. Era uma pessoa, com amigos, marido, apelidos, desejos e vontades. Ela poderia lutar contra aquela senhora do supermercado. "Não faça isso", "há outras formas de diálogo", "aqui não é o lugar". Tantas frases soltas e verdadeiras. Mia só queria dizer: "Deixe-me em paz."

Agora lembrava-se do enterro, do caixão sendo abraçado pela terra. Das câmeras, dos holofotes e de seu choro que não resolvia nada. Arthur tinha tido o pescoço quebrado na frente de uma multidão. Em constantes pesadelos conseguia ouvir o estalo. Ela jamais fecharia os olhos de novo sem ouvir a cena, sem se lembrar da cena. E lembraria vividamente porque alguém tinha gravado com o celular e postado nas redes sociais, ela tinha visto e revisto e visto e revisto.

Arremessou o celular contra a parede rogando pragas contra o sistema ineficiente. Um dia você vai funcionar? Ou é tudo retórica? Cadê você, escola? Bom senso, humanidade? Estão por aí ou foram passear? Nada se ganha com a violência; ela é autodestrutiva e se autoderrota.

A reconciliação e a paz interna que Mia desejava não viria, não se perde um filho e se dorme à noite. Chá e insônia. Eis a condenação. Mas ela nunca tinha baixado a guarda por tanto tempo. Era hora de recomeçar, de pôr fim à opressão do terror, do preconceito e procurar os meios para expor a situação. Começaria pelo seu programa, com a sua visibilidade. Afinal, era uma estrela.

NÃO CONSIGO RESPIRAR
(Parte 3)

O sucesso profissional veio à custa de muito estudo e perseverança para driblar o preconceito. Se pudesse contabilizar, o pai de Giovanni diria que estuda uma média de duas horas a mais por dia do que qualquer um de seus colegas no banco. Tem que estar mais preparado para, na hora certa, no momento adequado, dar a sua opinião e conquistar os presentes na sala de reunião. Ele tinha que estar sempre alguns degraus na frente.

Doeu trabalhar 25 anos na mesma instituição, frequentar a casa de seus colegas e considerar que com um ou outro tinha nascido uma amizade e, mesmo assim, não recebera um sinal de apoio. Pior: achavam, nos corredores e cafezinhos, que, talvez, *talvezinha*, a culpa fosse do Giovanni.

Seu filho tinha sido baleado em uma operação policial grotesca, desorganizada e preconceituosa. Símbolo de uma mazela incurável. Eita, bem com ele que comandava a diretoria de diversidade do banco.

Já estava enfurecido pelo programa que liderava na empresa, que recebia um aporte insignificante do valor líquido anual do lucro e ainda, sentia-se enganando os outros pois a campanha de marketing vendia um banco diferente, que respeitava e promovia o diálogo entre todos os colaboradores. As piadinhas e o silêncio diziam o contrário.

Quanta besteira passava pelas suas mãos que ele tentava converter em simpósios, palestras e adesivos espalhados pelos andares do escritório. A cabeça pesava à noite. O dinheiro entrava e a consciência saía. Por isso, o chá e a insônia.

Chegava a questionar o rumo da sua vida. Os dias que se seguiram à morte de Giovanni foram terríveis. Delegacia, desrespeito, jornalistas, advogados, mal-entendidos, burocracia, formando um caldo empapado e nojento, que tirava seu apetite e qualquer chance de desejo.

Encontrou com Mia, mãe de Arthur, em uma passeata. A molecagem dos três amigos no Chevrolet tinha virado um evento midiático atiçando a população a exigir melhoras. Os urros e os cartazes eram poderosos. Pararam a cidade e, também por isso, foram utilizados cassetetes e bombas de gás para dispersar a multidão. Salvou-se graças aos holofotes que recaíam em Mia.

Pediu demissão. Não podia mais viver de dribles e omissões. Precisava de algo a mais, algo que fizesse sentido, em que ele acreditasse. A solução para a sua dor foi a fundação de uma ONG, que atuaria na luta contra preconceitos enraizados dentro das grandes empresas, que são, infelizmente ou felizmente, microcosmos da sociedade e detentoras de verbas de mídia poderosíssimas para promover o respeito e a diversidade.

Se conseguisse mudar a forma de contratação e os mecanismos de promoção já se daria por satisfeito. Afinal, do jeito que estava ele não conseguia respirar.

Voyeurismo
(Janela Indiscreta)

Excesso de curiosidade pelo que é particular ou íntimo.
Sinônimo de um dos filmes de Alfred Hitchcock.

QUEM ME MANDOU UM ABRAÇO ONTEM

Quem me mandou um abraço ontem, foi a vizinha que usa hobby rosa (e sutiã da mesma cor). Ela mora ao lado do senhor que só assiste à TV de madrugada e essencialmente jogos de futebol. Hábitos taciturnos, mesmo na emoção do gol. Veste hobby azul e se estivéssemos compondo o amor, fariam um bom casal.

A luz da manhã, ela utiliza para se maquiar. Dou destaque para o batom vermelho. Não sei se tem outra roupa, pois invariavelmente ela traja o policrômico uniforme. Até durante a faxina, quando chacoalha o tapete no balcão, polinizando as migalhas nas ruas de Paris.

Abaixo dela — juro que não queria falar dessa senhora — outra parisiense, Edith. Magra. Dona de um labrador bem cuidado. Mora com os sobrinhos e, sozinha — insisto — sozinha, fuma cigarros Gauloises, todas as manhãs. Bem, para ser justo o ritual é realizado três vezes ao dia. Sempre sozinha. Imersa em devaneios, que remetem aos pequenos prazeres da vida e à morte prematura de seu marido, em um acidente envolvendo pescadores, um barco a vela e sua heroica tradição de atravessar a nado o Canal da Mancha.

Na rua, não me reconhece. Já acenei. Não faz por mal. Só é distraída. Quando aplaudimos os agentes da saúde, nós cinco nos acenamos (acrescentei minha esposa à conta) eufóricos por comemorar mais um dia de esperança e jogar-lhes energias para que vençam os desafios do amanhã.

E foi noutra noite, quando estava fechando as persianas e dando os últimos tragos no aroma da primavera que recebi um abraço.

Carinhoso, gentil, companheiro e rosa.

Boa noite.

VIZINHO 2

Cortesia.

Dele ao não nos olhar tomando banho.

Nossa ao respeitar sua privacidade.

Separados por um pátio interno, reparei a primeira vez na sua presença quando me preparava para tomar banho. Ele estava de pé e olhava fixamente para a nossa varanda, que dava justamente para o box do banheiro. Nu, me escondi de sobressalto próximo à saboneteira, queimando, na jogada, as costas — ainda regulava a água —, e me valendo do cabo da esponja fechei a persiana.

Tem vezes que me sinto preciso como Jason Bourne.

A partir daquele momento e sem medidas que exigissem qualquer tipo de formalidade, estabeleceu-se um pacto de cavalheiros visando a respeitar o melhor da intimidade de cada um.

Nosso vizinho cultivava hábitos solitários e diferenciados. Por sua posição inicial — aquela que permitia a ele acompanhar nossos banhos — imaginei que ele trabalhava de pé, estava sempre de pé, e que fosse DJ. O estilo largado, o cabelo tocando o ombro reforçaram o diagnóstico.

Enveredei também para assistente de diretor de arte em uma agência de publicidade famosa. Achei que famosa era mais crível, além de justificar os quilos de macarrão instantâneo que ele comia. Só poderia estar provando, como os grandes mestres ensinam, um novo produto, alvo da próxima campanha.

Prove, entenda, venda.

O parapeito da varanda era utilizado para flexões, tríceps mergulhos e pranchas. Estas igualmente praticadas no chão da sala, que servia de quarto, escritório e cozinha. O banheiro ficava no corredor e deveria ser compartilhado com os outros apartamentos do bloco B.

A cama, que poderia ser vista da diagonal do meu corredor que levava à lixeira, acumulava um edredom amarrotado misturado a camisetas, regatas, meias e calças. O travesseiro, localizei no lado oposto ao que seria a cabeceira, estava mal acomodado e deveria (previ) ser a causa das dores de cabeça, na coluna cervical e, provavelmente, ocasionava adormecimento nos braços e mãos durante o sono — pior sensação do mundo quando você se encontra mergulhado em um pesadelo.

Higiene, a julgar pelo noodles e pelo edredom, não era seu forte.

Outra de suas atividades diárias era espreguiçar-se por horas, sem camiseta, no chão. Ele ficava bastante sem camiseta. Efeito do final da primavera e do clima desregrado (e do tamanho do apartamento). Então, resumindo: acordava cedo, exercitava-se, ficava de pé trabalhando (DJ, assistente de diretor de arte, editor de vídeos, projetista de maquete etc), exercitava-se, sentava-se no meio da sala (bem pequena) e comia macarrão instantâneo, ia até a varanda, tomava sol, tríceps mergulhos, prancha, outro mergulho, agora na sua cama, desvendava a imensidão daquela zona, ficava de pé, trabalhava (marceneiro — ele tinha uma tábua de madeira, novelo de novelas, mágico praticando o truque do serrote, estudante), chão, calor, espreguiçava-se, alongamentos variados, fechava a persiana, dormia.

Pode ser que ele só fosse desocupado e padecesse de dor nas costas, e que nunca tivesse verdadeiramente olhado para o nosso box, só sinto por ele ter atravessado um longo período sem companhia e como tantos milhares sofra da solidão que paira no século XXI como Deusa sem imagem.

VIZINHOS 2

(Parte 2)

Me deparei solitário, quando um dia a porta da sua varanda estava fechada. A constância enclausurou-se em intimidade como carraça. Passado o remédio, eu também me vi sozinho.

Deitei-me no chão, sem camiseta, espreguicei longamente, desentorpecendo os músculos fatigados do casulo e preparando mentalmente o que seria o primeiro dia do resto de nossas vidas.

VIZINHOS 2
(Parte 3)

Parti.
Parti para ser, o que jamais gostaria de ser, mas novos desafios se sobrepuseram
E deveria investigar um novo mundo
Um pouco mais feio, um pouco mais triste
Mas meu e seu
Nosso
E que poderia ter a elegância dos salões de chá de antigamente
Afinal, dentro de nossas cabeças, somos reis.

PLUMAS DE PAVÃO

A proximidade é tentadora. Ela desamarra a curiosidade e com o tempo, abate o medo. Foi assim que conheci o casal Lisa e Jeff. Ela gritava com ele. As mãos gesticulavam, apontavam, exigiam. Estava meio curvada, como se ele estivesse sentado. Depois descobri que estava.

Fiquei olhando da minha varanda como se fossem plumas de pavão. Um ato de educação me despertou. Voltei para a sala. Não podia ser visto. Afora o susto que eles tomariam, seria deselegante, seria perigoso.

Comecei a conjeturar as causas daquela *mise en scène*. Braveei: malditos ouvidos que não alcançam a visão. Voltei a espiar, eles tinham sumido. A imaginação correu solta. Ele teria assassinado alguém? Exageradamente pitoresco. Uma amante? Plausível. O folclore tende a concordar que os franceses têm predileção e tolerância a amantes. Bobagem! Pelo jeito Jeff não tinha.

Por segurança, fechei as cortinas e espiei. Eu o vi saindo para comprar baguete, subi seis andares com os olhos e ela andava de um lado para o outro, tinha nas mãos algo que se a assimilava a uma peça, sim, era uma peça. Sua postura mudava linha a linha, volúvel e portando máscaras gregas — folhas, tintas, argila e couro. Descobri, era atriz.

Famosa e era ela que bancava aquela cobertura. O maior apartamento da região. Tinham uma ampla sala, dois ou três filhos, uma empregada todas as quintas; as sessões de TV, eram às terças, todos juntos. Às sextas, brincavam de mímica. Pelos pulos e o punho, Lisa sempre ganhava. Não que eu ficasse acompanhando a brincadeira até o fim. Tinha coisas mais importantes para fazer.

Jeff, cabelos encaracolados, um rosto ensolarado, locomovia-se com a ajuda de muletas. Um acidente de moto. Venderam-na no Ebay para um sujeito corpulento e troncudo, em um domingo chuvoso. O comprador levava o nome de AH. Essas informações demorei para achar, mas enquanto minha mulher tinha os melhores sonhos, minhas mãos fuçavam uma solução para o capacete que repousava, há meses, na estante.

Um dia pensei em comprar uma lente teleobjetiva para a minha câmera ou um binóculo. Poderia ter me transformado em voyeur do meu próprio filme caseiro, mas o último vapor de bom senso me impediu. Mesmo sem os aparatos descobri que o *bon vivant* funcionava como agente dela, que a peça, provavelmente seria sua volta triunfante ao palco depois do repentino afastamento, que já durava muito anos, mais do que o tolerável.

Repentino. Repentino. Repentino. A palavra martelava a minha curiosidade. Pesquisei, mas não achei causa e efeito. Tem vezes que nem o Google nos salva.

Meses mais tarde, li no jornal que a première foi um escândalo. Aconteceu no Pátio do Palácio dos Papas, em Avignon. Uma honraria digna das grandes atrizes. Ela e seu monólogo, vestida de pavão exibindo suas plumas sem o matiz de outrora. Nos bastidores, o já cansado marido agente, puxou-se para o colo de uma que não fosse a Norma Desmond.

TOTH

Toth, deus egípcio da escrita e da passagem do tempo, representado pela ave íbis ou pelo babuíno, foi categórico com os humanos ao entregar-lhes os códigos da escrita.

Advertiu: *o papiro absorverá junto a memória.*

Um sacrifício foi feito e o esquecimento juntou-se à civilização.

—

O bom contador de histórias, o real detentor do dom da oralidade tem sua profissão desvalorizada hoje em dia. Alegra, ainda bem, as crianças. O tempo transformou suas palavras em digital. Primeiro músicas bem orquestradas, depois vídeos superproduzidos.

—

Um pequeno chip pode armazenar milhares de fotos, vídeos e arquivos. É muito mais do que você pode lembrar.

—

A câmera analógica e os filmes de doze, vinte e quatro e trinta e seis poses eram sínteses da fotografia. O celular virou lugar da tese de mil e uma noites.

—

Toth estava certo. Viramos desmemoriados.

—

Em milésimos de segundos o Google reponde por você. Em milésimos de segundos você esquece a resposta do Google.

—

Gritemos: "Força àqueles que a memória não abandonou!" Caso haja uma terceira guerra mundial com direito a colapso e finalmente à briga entre humanos e máquinas anunciada na boa ficção, os Memoriados serão nossos salvadores.

—

As nuvens antes adoradas pelo cartoon, agora armazenam nossas memórias. Mais gigas, mais gigas! Deixamos o HD de nossa memória para o HD do computador, que lotado mandamos para o HD Externo, que lotado e frágil, mandamos para a nuvem.

—

E quando a bateria desse pedaço de metal de design acaba? Desesperados corremos atrás de uma fonte de energia que carregue nossa memória.

—

Vivemos uma amnésia digital.

—

Somos a geração com mais suporte de memória e que, olhem só: não se lembra de nada.

~

Até o aniversário da mamãe tem que ser notificado.

~

Toth pode ser também o deus da Lua. Importante para o calendário egípcio. Rito de atividades civis e religiosas. O calendário nos ajuda a marcar o tempo, a fazer a colheita e o luto.

~

Toth é casado com Maat, a deusa da verdade e da ordem. É ela que pesa o coração dos mortos procurando a leveza da alma. De um lado da balança o coração, do outro uma pluma de avestruz.

~

A morte também traz esquecimento. Distancia-nos do físico, deixando lembrança e palavras.

O tempo confunde, mistura e chacoalha. Queria lembrar, queria atender um telefonema e do outro lado ouvi-la. Era sempre muito bom "tudo bem, meu anjo?", "que seja o melhor para você, meu anjo".

Não somos religiosos e nem acreditamos em anjos, era só carinho e cuidado.

O telefone toca nos meus sonhos. Eu ouço, corro deslizando pelo corredor para atender e acordo mais saudoso.

~

Um rabino me ensinou, que o ente querido que nos deixou é como um navio que desancorou, vai ficando pequeno, pequeno, pequenininho. Mas na verdade está sempre do mesmo tamanho. Só que mais longe. As lembranças estão aqui, estão lá, guardadas em puxadinhos de memórias.

～

Mais que as fotos, os que mais me doem são os vídeos caseiros. A outra estação da moda, o descolorido e o trepidar do enquadramento amador são um soco de nostalgia.

～

Dionísio, ao abrir a carteira, em um café, para pagar a conta, surpreendeu-se com a pergunta de Anna. "Quem é essa menina?" A conversa entre os dois quase estranhos já findava e a pergunta veio para alavancar alguns minutos a mais. "Essa!" Ele apontou para a foto como se tivesse outras. "Não sei." Respondeu abaixando os ombros e fazendo o paletó cinza parecer ainda maior para o seu corpo magrinho. "Como não sabe?" Dionísio, então, explicou que sua família morrera quando ele era muito pequeno em um acidente de carro. Perdeu tudo em um estalo e foi morar em uma creche. Um dia se viu zanzando fascinado em uma feira de antiguidades. E quando deu por si, comprava fotos de pessoas que não conhecia e fazia álbuns de família. "Você acha muito estranho?" "Não, não acho." Ficou tão feliz quando acabou o primeiro álbum, que resolveu fazer uma coleção, procurando fotos de pessoas parecidas, que pudessem compor sua família, "como quando tem flashback nos filmes e o ator aparece mais novo". Anna concordava atentamente e aproveitara para pedir mais um café, a conversa tomara um rumo inesperado. "Então, você não sabe nada dessa menina?" "Só o que o verso contou. Chama Elisa, tirou essa foto em Sorocaba, aos dezesseis anos." "Os olhos lembram os seus." Ele concordou e finalizou: "Eu a considero minha irmã!"

—

Entusiasmada com o excêntrico Dionísio, Anna propôs irem para a casa dele. Dionísio que raríssimas vezes tinha saído da primeira base em um encontro, demorou para atinar o pedido.

Anna olhou curiosa para o apartamento de um cômodo e logo achou a prateleira com os álbuns. Pediu para ver. Dionísio pegou um aleatoriamente e mostrou as fotos. As semelhanças entre elas eram notáveis. Havia também fotos de espaços, paisagens, objetos e fotos de fotos que compunham a trajetória de Dionísio.

—

Dionísio recriara para si o tempo de Toth e com a pena de Maat rescrevera seu passado junto aos mortos.

—

Enquanto Dionísio dormia, Anna aproximou-se de um volume. Foi na ponta dos pés e ao sentar-se tentou não fazer barulho na mola solta no sofá. Da janela escapava um fiapo de vento frio e o cinza das nuvens deixava o apartamento mais lunar. Acomodou-se e folheou o álbum. Era a adolescência. Dionísio detalhou a vida com os irmãos, a conversa com o pai e uma viagem para águas termais no interior de São Paulo. Anna sorriu, o menino importava-se mesmo em ter uma família. Na outra página, ele andando a cavalo e ainda tinha a irmã fazendo chuquinha nele.

Pegou outro álbum. Folheou ainda mais encantada. Quando já estava apaixonada pelo coração carente de Dionísio, veio o gole de vinagre. Ao fundo de uma foto deteriorada ela viu o rosto de sua falecida mãe. Um fio de adrenalina estonteante percorreu seu corpo. Virou a página ansiosa pela sequência e, lá estava sua mãe ao lado de um homem que não era seu pai. Levou a mão à boca. "Dionísio a conhecia."

~

Nem todas as memórias são fotos. Relógios, roupas, livros, louças são formas de se relacionar com o passado. Um amigo carrega a tiracolo a caneta tinteiro que pertencia ao pai. A tinta já secou, mas a presença é duradoura.

~

Anna não entedia a coincidência, se é que ali havia uma coincidência. Na página seguinte, a irmã de Anna aparecia com a mãe e o homem. Uma família feliz. Descolou a foto para tentar descobrir a data. Nada. A imagem dizia tudo: a mãe tinha a mesma idade de quando morreu. Mas a irmã, a irmã convivia com ela até hoje.

~

Acordou Dionísio no susto. Soluçava de tanto chorar. A mãe, aquelas fotos, o passado, o homem, a irmã, o que estava acontecendo aqui?
Noutra página, a mãe tinha envelhecido. A irmã também.

~

A verdade resolve noventa por cento das controvérsias. Oito por cento ficam com as meias-verdades e dois por cento, sejamos justos, fica a cargo da mentira. (Que às vezes explica sem tantos danos colaterais.)

~

Dionísio disse não saber. Furiosa foi virando as páginas do álbum mostrando fotos, fatos, contextos e, de repente, se viu. Uma foto de página inteira, preto e branco, dela.

Os olhos perplexos não encontravam razão.

～

Anna: "Você me conhecia?"

"Nunca vi antes. Depois que colo a foto, esqueço", fraquejou o atordoado Dionísio.

～

Toth estava certo.

PIGALLEANDO

O verão europeu é *engraçadamente* provinciano e muito se assemelha ao das cidades do interior do meu Brasil. Teria comprado pão na boulangerie e carne na boucherie, se seus donos junto com tantos outros não tivessem, à mão e sulfite, colado na porta dos seus comércios que saíram para as férias anuais no sul da França. A cidade luz continua reluzente, mas está deserta.

HEXAGONAL

Posso estar exagerando, mas pouco se faria sem o parafuso. De antemão, ajudou os gregos na extração de azeite das olivas e na produção de vinho. Um brinde a Dionísio? Não! O mais certo seria a Arquitas de Tarento que inventou a peça de formato cônico ou cilíndrico, sulcada em espiral, quatrocentos anos antes de Cristo.

Depois, Arquimedes, já em 250 a.C., desenvolveu o princípio da rosca e a utilizou para a construção de um dispositivo para a elevação de água na irrigação. Muitos anos no futuro, bom para Israel, bom para Mendoza, na Argentina, entre tantos outros lugares. Tomate, alface, couve-de-bruxelas, espinafre, abobrinha, chuchu. Santo Arquimedes.

E, em 1568, dizem que Leonardo Da Vinci, o segundo homem mais conhecido do mundo, desenhou uma máquina para fabricar parafusos. Lembrem-se de que ele idealizou planadores e produziu estudos como o *"Codex sobre o Voo dos Pássaros"*. Não é o segundo por acaso, o homem sabia o que fazia; e mais sabiamente, o que falava. Voltando aos parafusos, se não os fez, pelo menos os usou para unir a tela mais famosa do mundo à moldura.

Mais um pulinho na história, já servidos de um bom pedaço de pão, azeite e sal, com uma taça de vinho à mão, chegamos em outra região, a tempo de presenciar o nascimento, de pais carinhosos, do bebê William. Na infância, uma típica criança, na adolescência, um iludido, na fase adulta um gênio sem procedência.

Estamos em 1910 quando o ainda jovem — não passava dos 30 anos — William, que deveria ser, no mínimo, o terceiro homem mais conhecido do mundo, patenteou o design e fabricou os primeiros parafusos com formato de cabeça hexagonal.

Você nunca inventa algo achando que vai mudar a humanidade. Você inventa porque tem um problema. O da vez, era a segurança. Os parafusos de formato quadrado eram frágeis e arrebentavam com facilidade, gerando custos de reparação e acidentes nas fábricas e, posteriormente, nos produtos aos quais serviam.

Nota do manual (ainda sem o sobrenome para criarmos suspense): É um modelo de parafuso muito versátil. Elaborado em aço, esse material possui alta resistência à tração e passa por um tratamento térmico após a fabricação, fazendo com que ele seja muito resistente, versátil e durável. Uma particularidade deste parafuso é que ele é produzido com um furo hexagonal na cabeça, para a realização do aperto.

William G. Allen viu seus negócios prosperarem nos anos 1940. De Connecticut, nos Estados Unidos, ajudou a consolidar a tecnologia; ao mesmo tempo que constituía matrimônio, posicionava-se à cabeceira da mesa e projetava o futuro.

Depois do parafuso, nada mais normal que inventar a chave. Óbvio, um fecha, o outro abre. A *acacidade* do fato a distância constrange, porém só enxergamos o elementar quando o difícil já está na forma mais branda.

A chave em forma de L, com uma ponta hexagonal em cada extremidade, desbravou o território hostil dos profissionais para encontrar o seu lar na caixa de ferramentas caseira. Junto com a cruz, a bíblia, as latas de Campbell com e sem Warhol, acrescentava-se o menor, porque é pequenininho, instrumento de nossas vidas.

Exagerar, às vezes, é uma virtude. Entrementes, unidos, parafuso e chave Allen, produziram a vida moderna. Recentemente montei uma cadeira de escritório, um armário e um abajur Pixar só com essas maravilhosas invenções.

PIGALLE 107

E não para por aí, sua facilidade e praticidade, leva conforto aos lares, transforma leigos sem habilidades em verdadeiros artesãos — olhem a autoestima — e tudo isso, repito, tudo isso, com a popular e barata chave de fenda em forma sextavada interna para os cultos e Allen, para nós, os leigos.

Ademais, quando o mundo foi ficando pequeno e perigoso, tóxico na horizontal, irrespirável na vertical, o hexágono Allen, foi a salvação dos desocupados e a fonte de inspiração dos ocupados, afinal com as próprias mãos qualquer extremidade da ferramenta pode ser usada para aproveitar o alcance ou o torque; e por que não a imaginação que barre esse novo monólito.

PIGALLEANDO

Hoje em dia, há uma infinidade de modelos de parafusos: parafuso com e sem porca, parafuso de pressão, parafuso prisioneiro, parafuso Allen, parafuso de fundação farpado ou dentado, parafuso autoatarraxante e autoperfurante, entre outros milhares. Podemos não notar — é um alerta —, mas praticamente tudo que usamos possui parafuso. Às vezes, secretos.

Pigalleando

As grandes invenções:
01. Batata frita
02. Ar-condicionado
03. Milk-shake
04. Batata frita com milk-shake
05. Cadeira de praia
06. Controle remoto
07. Hambúrguer
08. Tinta
09. Piano e violino
10. Sua opção.

UM NEGÓCIO COMO TODOS OS OUTROS

Um negócio honesto. O pai insistia. É tudo que eu peço. Não é muito, eu insisto. Maria de Lurdes também insistia que seu negócio era honesto, legítimo e infalível. Inclusive, pagamento só após resultado. O pai levava a mão à cabeça, penteava os cabelos que não tinha e voltava para a discussão. Cheguei aqui carregando vocês duas no colo. Fui pai e mãe. Maria de Lurdes respirava fundo, os incensos acalmavam-na. Mamãe de novo. Quando o senhor não tem argumento invoca o fundo do poço. O pai, então, encaracolava lentamente o bigode, que também não tinha, tomando tempo, refletindo. Fundo do poço. Invoca? É assim que você fala com os seus clientes? Você não deveria ter largado a escola. Não se usa assim essa expressão. Não, não mesmo. É até um pouco vul... Ela dava de ombros para a expressão. Larguei, o senhor sabe, no colegial quando a situação, digamos, saiu do controle. O pai finge que não é com ele, brinca com a barba, que também não tem, e segue. Sua mãe, sua mãe, a voz embarga, tenta de novo, sua mãe, uma lágrima foge, se ela estivesse aqui. Não termina a frase, faltam-lhe palavras e sobra amor engarrafado. Papai, trabalho as mesmas oito horas que todo mundo e ainda faço plantão de venda. Se precisar, atendo 24 horas. Ninguém fica sem atendimento comigo. Sou serviço essencial. Do bolso da amarrotada camisa listrada, de gola desgastadinha e bem passada, saca um pente. Estávamos diante de um careca, precavido, que carregava um pente consigo. Talvez, passatempo; seu jogo de paciência, sem cartas. Maria de Lurdes, você teve tudo. Tudo! Conta os dentes do pente, testa sua resistência. Por que não seguiu os passos da sua irmã? Perguntava já sabendo a resposta. Eu sabia, eu sabia que uma hora ou outra chegaríamos nela. Pai, entende, de uma vez por todas, somos diferentes. Diferentes em muito sentidos, mas ambas lidamos com coração e mente. Isso deveria te deixar feliz e despreocupado. Ela fora longe demais. A careca tingira-se de vermelho e o pente voara para trás do sofá. Aparentemente as duas tinham suas desavenças. Acontece que Lurdes Maria seguiu um caminho mais letrado, diplomado, regrado. Já Maria de Lurdes, sempre sentiu que o coração era a alma do negócio. Pai e filhas tinham isso em comum, o maior coração do mundo. Só que o de Lurdes Maria curava doenças cardiovasculares no hospital mais respeitado da cidade e o de Maria de Lurdes, que fugira das letras e encontrara sabedoria nos incensos e outras crendices — subscreva-se tarô, cartas, búzios —, montara um negócio que prosperava em todos os estados do Brasil como o maior e o melhor e com o mais potente dos serviços: Trago seu Amor em Três Dias.

MONEY DELIVERY

Um dos cargos mais interessantes criados pela máfia, criminosos e corruptos é o do "money delivery". A entrevista de emprego para quem almeja a vaga é simples: possuir quase nenhum recurso, ter uma formação escolar beirando o zero, disponibilidade para viajar e, o mais importante: ser discreto a ponto de passar desapercebido em festas pequenas.

Uma vez contratado, o pessoal do recursos humanos lhe entregará uma apostila daquelas que funcionam superbem nos treinamentos, mas pessimamente na vida real com demonstrativos, regras, usos, costumes e termos que devem ser utilizados nas operações.

O primeiro trabalho de Péricles foi mudar o seu nome para João. Mais comum. Um Péricles que vive na ponte aérea, nos saguões de hotéis ou na rodoviária chama atenção. O pessoal do xerox realizou as mudanças necessárias nos documentos do ex-Péricles.

Primeira missão: pegar dinheiro em uma pizzaria e levar para uma mansão. (Por motivos de segurança da crônica não estou passando as localizações.) O pessoal da produção lhe entregou uma sacola bag personalizada da pizzaria com nome e logomarca e uma moto no nome de Alfredo — tem que ter muita memória para decorar nomes e codinomes —, então Péricles João Alfredo passou no estabelecimento, pegou o dinheiro e duas pizzas de mozzarella, suas preferidas, e seguiu viagem. Os desafios são maiores quando estamos aprendendo uma nova função e nunca é tão fácil quanto nos contam nos corredores da empresa, por isso, foi parado pela polícia. Calma, era o inofensivo pessoal da Lei Seca. Foi só um teste do bafômetro. Documentos

PIGALLE **113**

em ordem, papo vai, papo vem, ele deixou as pizzas com os policiais e, abusado, prometeu voltar mais tarde para uma geladinha.

Realmente o time de recrutamento podia comemorar: tinham acertado em cheio com o Péricles. O cara era tudo que o escopo do trabalho previa e do lado de cá participava dos churrascos da empresa, cantava no karaokê e seguia um caminho de promoções já mais registrado na companhia.

Péricles João Alfredo Soares Silva vai que vai e também ria à toa. Que delícia, já não achava espaço na sua casinha para guardar tantos nomes, chocolates, vinhos e whisky importados. Gravatas, então, estava pensando em distribuí-las na rua.

Os tempos de rodoviária e motomoney tinham passado, agora ele frequentava as aeronaves. Conhecia tão bem a galera do controle de passaporte, que uma vez, por engano, convidaram-no para a festa de final de ano da categoria.

Antes de tirar suas sonhadas férias em Ubatuba, recebeu um e-mail que se autodestruiria em três minutos, para que levasse uma encomenda para a Suíça. Já estivera em algumas ilhas no Caribe, mas a Suíça era exclusiva do Time A. Foi tanta excitação que até deixou a caneta Montblanc cair no chão.

Esquematizou como levaria aquela soma para as terras neutras do país do chocolate. Meia hora depois se saiu com uma descabida obviedade: ei, por que não em barras de chocolate? E foi assim que saiu de sua casa em direção ao aeroporto: com barras de chocolate para um país que produzia as melhores barras de chocolate. Diria, se perguntassem, que participaria de uma competição e esperava ganhar.

Passou desapercebido pelas autoridades brasileiras. Sentou-se confortável entre duas crianças barulhentas e quando achou que tinha dado tudo certo, o comandante anunciou que tinham detectado um problema técnico desses inexplicáveis e demorados, obviamente nada grave, mas que precisariam verificar. Respirou aliviado.

O ar-condicionado do avião, geladinho, o fez esquecer o sol de quarenta graus que fritava as bagagens. Se a janelinha estivesse aberta e não fechada, para que as crianças se entretivessem com o joguinho e não disparassem a falar, ele teria visto um líquido denso escorrer de duas malas de grife e, aos poucos, lambuzarem as outras, atraindo os bichinhos voadores da região.

Como estava de fone antirruído não ouviu quando pediram para ele comparecer na porta da aeronave. Foi uma simpática aeromoça que o acordou das praias de Ubatuba e constrangida pediu que ele fosse verificar a sua mala. Ela sabia da competição e achou que ele ficaria arrasado ao saber que os chocolates tinham derretido.

Atordoado, foi levado até o pátio onde as bagagens repousavam. Os funcionários perguntaram se ele gostaria de outra mala, seria uma cortesia da empresa aérea, ele disse que não precisava, que poderiam seguir. A empresa ainda se prontificou a limpar a mala dele de graça, ex-Péricles também fez pouco caso. Não há necessidade. Porém algo lá dentro acionou o olfato de um cão fiscalizador que passava pelo local.

Os latidos soaram como sirenes e o chocolate derretido virou a doce lembrança de um tempo de glória.

Péricles cumpriu três anos de prisão e hoje leva uma vida normal; como todos os seus colegas, usa uma moderna tornozeleira eletrônica, e continua na ativa. Está desenvolvendo um aplicativo que ajude o money delivery a continuar na onda da inovação e abriu uma pequena empresa de consultoria — o pessoal do RH da empresa implorou para que ele fizesse isso — e agora, além de ter ganhado uma medalha no karaokê, passa suas tardes dando treinamentos, contando seus sucessos e por que não, seu único fracasso.

PIGALLEANDO

ATTESTATION DE DÉPLACEMENT DÉROGATOIRE

En application de l'article 3 du décret du 23 mars 2020 prescrivant les mesures générales nécessaires pour faire face à l'épidémie de Covid19 dans le cadre de l'état d'urgence sanitaire

Je soussigné(e),
Mme/M. :
Né(e) le :

À :
Demeurant :

certifie que mon déplacement est lié au motif suivant (cocher la case) autorisé par l'article 3 du décret du 23 mars 2020 prescrivant les mesures générales nécessaires pour faire face à l'épidémie de Covid19 dans le cadre de l'état d'urgence sanitaire:1

    Déplacements entre le domicile et le lieu d'exercice de l'activité professionnelle, lorsqu'ils sont indispensables à l'exercice d'activités ne pouvant être organisées sous forme de télétravail ou déplacements professionnels ne pouvant être différés.[2]

    Déplacements pour effectuer des achats de fournitures nécessaires à l'activité professionnelle et des achats de première nécessité3 dans des établissements dont les activités demeurent autorisées (liste sur gouvernement.fr).

    Consultations et soins ne pouvant être assurés à distance et ne pouvant être différés; consultations et soins des patients atteints d'une affection de longue durée.

    Déplacements pour motif familial impérieux, pour l'assistance aux personnes vulnérables ou la garde d'enfants.

    Déplacements brefs, dans la limite d'une heure quotidienne et dans un rayon maximal d'un kilomètre autour du domicile, liés soit à l'activité physique individuelle des personnes, à l'exclusion de toute pratique sportive collective et de toute proximité avec d'autres personnes, soit à la promenade avec les seules personnes regroupées dans un même domicile, soit aux besoins des animaux de compagnie.

    Convocation judiciaire ou administrative.

    Participation à des missions d'intérêt général sur demande de l'autorité administrative.

Fait à :

Le :   à   h
(Date et heure de début de sortie à mentionner obligatoirement)

Signature :

[1] Les personnes souhaitant bénéficier de l'une de ces exceptions doivent se munir s'il y a lieu, lors de leurs déplacements hors de leur domicile, d'un document leur permettant de justifier que le déplacement considéré entre dans le champ de l'une de ces exceptions.

[2] A utiliser par les travailleurs non-salariés, lorsqu'ils ne peuvent disposer d'un justificatif de déplacement établi par leur employeur.

[3] Y compris les acquisitions à titre gratuit (distribution de denrées alimentaires...) et les déplacements liés à la perception de prestations sociales et au retrait d'espèces.

GAME OVER

Gostaria de ser formado em analogias. Tá aí uma faculdade valiosa. Elas resolvem qualquer parada e são de longe a forma de comunicação mais eficiente do século XXI. A maioria dos homens entende uma sobre futebol, a maioria das mulheres entende uma sobre beleza. Se você tiver a presença de espírito afinada, a satisfação do seu interlocutor é garantida.

De vez em quando, gosto de falar do Mario Bros e do seu irmão Luigi, dois encanadores italianos, devoradores de espaguete, que se meteram em uma confusão com um dragão metamorfoseado que raptou uma princesa. Coisa de louco, ainda mais levando em conta que o Mario é pequeno, meio tampinha, e que se quisesse crescer deveria comer brócolis, chuchu, vagem, não, não, não, não deveria comer cogumelos. Alucinógenos? Perto de todo enredo, acredito que não.

Então, voltando às analogias, quando te perguntam se o trabalho ficou bom ou poderia melhorar, diga que precisa comer mais cogumelo. Se ele pedir uma promoção, você joga: "Olha, veja bem, passar de fase é um pouco difícil, precisa praticar mais."

Se a pessoa não entender, você relembra a ela as funções, os truques, os atalhos; que existiam dez fases e inúmeras possibilidades, que não é só pontualidade, inglês e LLM que fazem a diferença. Explicadas as regras, você traz o funcionário para a realidade imediata daquele jogo.

Se possível utilize um pouco de humor. Lembra-se da última vez que a gente tentou fazer ou falar sobre isso, então, se me lembro bem existiam muitos obstáculos camuflados e gastamos algumas vidas.

Se a pessoa continuar negando, você avança. Mas antes desligue os celulares. Essa função que possibilita gravar tudo é perigosa.

Lembra-se daqueles pássaros voadores do Mario, aqueles que se pegassem nele as moedinhas saltavam do bolso fazendo-o perder pontos? Então, então, então, acho que se você não entendeu até agora a próxima fase está longe e o que temos de imediato está na sua mesa te esperando. É isso ou game over.

BATEU O RECORDE

Não há nada mais perigoso do que burro com iniciativa. Frase de um professor de direito penal aos seus alunos de 20 anos. A verdade contida naquela sentença é tão cristalina, pura e translúcida que causa estranhamento quando colocada em prática, porém, infelizmente, cascateiam exemplos diários de situações absurdamente absurdas. A última que li referia-se a um homem na casa dos 60 anos, que buscava trocar de carro e findava sem sucesso de vendê-lo pelo valor de tabela. Lembrou que o seguro poderia ser uma boa opção. Resoluto de como fazer isso, deixou-o no centro do Rio de Janeiro com as janelas abertas e foi dar uma volta. Nada. Ninguém se interessou em levar o carro. Frustrado, imagino, mas decidido, foi até o posto de gasolina mais próximo e comprou um galão. Como fumava, o isqueiro já tinha. Astuto, levou o carro em sua última volta para perto de Petrópolis, estacionou em um parque destinado a acampamentos e trilhas, fumou mais um cigarro e espalhou a gasolina pelo carro, dentro e fora, encharcando o estofado. Não sei se ele armou um pedaço de galho para jogar o fogo de longe ou se o colocou com um graveto, porém, independentemente da técnica utilizada, o carro pegou fogo. Ele tinha alcançado o resultado e posso fazer um exercício de imaginação para dizer que ele já sonhava com o carro novo enquanto descia a serra a pé. Se nessa hora ele pensou que poderia ter cometido o crime de fraude contra o seguro mais perto de sua casa eu não sei, mas sei que ele andou umas boas três horas enquanto o fogo se alastrava pela reserva biológica de Araras matando, destruindo e ceifando vidas, animais, plantas, ecossistemas e tudo que encontrasse pela frente dos seus colossais 560 hectares. Desavisado e prevenido, ainda passou em uma delegacia para contar que seu carro tinha sido roubado, afinal o seguro exige boletim de ocorrência. De todo esse lance de genialidade não poderia sonhar por nada, mas nada mesmo, até porque não tem nada melhor do que a vitória da realidade absurda contra a ficção mais excêntrica, o exato momento em que a sua mulher o chamaria aos berros no banho para presenciar no Jornal Nacional as imagens produzidas por drones, que mostravam mais de vinte viaturas e cem bombeiros tentando controlar o fogo, que perduraria três dias e boas horas de horror. Já em estado de choque e perplexo, um pouco nervoso pelos insensíveis comentários da mulher a quem teria feito uma "burrada daquelas", sofreu ainda queda na pressão quando as imagens da desgraça em andamento foram substituídas pelo jornalista William Bonner, em sua seriedade e tom de voz seríssimo, mostrando em tela cheia um retrato falado do suspeito de características semelhantes às suas. Sentiu a mulher olhando de viés e sabida como era, bruta, mas sabida, que ela lembraria de uma estória torta sobre um câmbio quebrado. Deixou-se cair no sofá enquanto William desejava boa-noite ao Brasil.

UM JOGO DE PETECA
SEM AS BOLAS

— Um lugar libertino com distância física é como um jogo de peteca sem as bolas.

Rafael repetia incessantemente a frase à sua terapeuta. Sacou-a antes de sentar. Estava agitado. Sem bolas! Sem bolas! A terapeuta acostumada aos rompantes do paciente arregalou os olhos ao conteúdo daquela sessão. Rafael, 42 anos, há 5 habitué do seu divã, era cáustico, cínico e um pouco paranoico. Costumava chegar metralhando frases de efeito duvidoso.

Ela até então não sabia que ele frequentava saunas e clubes de swing. Uma novidade. Que bom, pensou, hoje vamos falar de outros temas. Chega de irmão, mãe, pai, a atendente da sorveteria que sorri maliciosamente oferecendo iguarias congeladas e um sócio que vive passando a perna nele.

Postou-se a entender o assunto.

— Já há algum tempo estou... você sabe... e mexia a mão para cima e para baixo, há um tempo no... no você entende, no... manual.

— Ah, masturbação... batendo uma punheta! — Ela adivinhou, se divertiu.

Gostava de dar esse choque de palavreado nos pacientes. Poucas pessoas falam a palavra punheta em voz alta. E repetia: aqui é um lugar isento de julgamentos. Diga o que vem à mente. É o melhor e o mais livre e o mais libertador. Pode falar punheta. Sem vergonha, sem pudor.

PIGALLE **121**

E ele, acalmando-se, contou que tinha ido a um clube de massagens, que oferecia um "happy end"; baixinho justificou: nada mais normal e humano, uma relação justa e comercial. Acredito piamente, inclusive, que mesmo que meu estado civil fosse outro, tal massagem não seria considerada traição. Bem, voltando ao clube, quando ficou sabendo que não seria possível praticar a terapia e estavam estudando outros métodos, surtou.

— Quais outros métodos? Um clube de swing com distância física é como um jogo de peteca sem as bolas.

O assunto esquentava, ela começava a entender o assunto.

Deu trela.

— Ah, então é disso que você está falando. E desde quando você se encontra nesta situação?

— No manual?

— Por assim dizer.

— Faz tempo. Por isso, saí de lá direto para um lugar que conheço, baixou novamente o tom da voz e sussurrou: não muito distante daqui. Um sítio. Estrada de terra e sigilo.

A psicóloga que acabara de atender uma mulher que reclamava pela enésima vez da falta de atenção do marido, colocou mais atenção em Rafael.

— E...

— Tinham inventado um sistema 3D, parecia parque de diversão. Um horror. Sem contato.

— O quê? Sem contato?

Ele concordou com a cabeça.

— Sim, não é um absurdo. A gente precisa de contato. C-o-n-t-a--t-o. É tão difícil de entender. Isso vai ser um problemão. Já tô vendo!

Ela adorava quando ele costurava teorias. Tinham precedentes na torre de babel e nos enigmas de Sudoku, ou seja, não faziam o menor sentido.

— Eu sei o que vai virar isso. Bola de neve é pouco. Pode escutar. No mínimo uma avalanche. Saí de lá pensando nesse problema, deste tamanho aqui, (opa, mais um gesto indecente, dúbio).

Ele corou e continuou:

— Falta de toque é problema. Problemão. Saí de lá tão agitado, que, francamente, dirigi acima do limite de velocidade, coisa que não costumo fazer por considerar um desrespeito a mim e aos outros que transitam pela estrada, e um perigo; mas desta vez acelerei. Enquanto o velocímetro comia quilômetros, minha cabeça pensava no sexo, no Kama Sutra, no cafuné, na massagem, no simples aperto de mão e, no susto de numa lombada inesperadíssima, me veio o nome da tese: um problema de tesão!

— Oi?

Levantou e solenemente repetiu o nome da tese: — Um problema de tesão! Eis minha nova tese.

Ela quase riu, mas fingiu um engasgo.

Sentenciou:

— E esse vai ser o nosso fim. Veja bem, com tesão — baixou a voz —, com pau duro, por assim dizer, ninguém vai conseguir se concentrar em nada. Não estou sendo machista. Homens e mulheres. É o mesmo problema, comum aos dois sexos: tesão! Tesão mexe com a cabeça tanto quanto não praticar exercícios ou comer alimentos saudáveis. É um mecanismo de alívio e refluxo energético. É o gozo da vida. Freud não falou sobre isso? Ou foi Lacan que falou e depois associou à pulsão de morte. Um dos dois... tanto faz.

— Tanto faz, não! — Exacerbou a psicóloga. Misturar Freud com Lacan e Lacan com Freud já era desrespeito. Rafael estava indo longe demais. — Você não acha que está exagerando um pouquinho? Refluxo energético? E os casados? E as pessoas que têm relacionamentos duradouros?

— Mas quantos? Uns vão ter medo, outros já se evitam, você sabe melhor do que ninguém! Então, realmente acho que é um problema de tesão, que vai atingir a maior parte da população, criar inépcia, aumentar a violência; e no limite, liquidificar uma catástrofe onde todo mundo acaba focando no que não tem que focar.

É ele tinha se superado! Essa tese superou a da semana passada envolvendo dois passarinhos que caíram do ninho causando um efeito borboleta, que afetaria a poluição das grandes metrópoles. Esforçou um sorriso brando, uma certa concordância e apontando para o relógio, com a delicadeza que só os psicólogos têm, lhe disse que o tempo deles tinha acabado.

Ele foi embora cantarolando e saltitando: um jogo de peteca sem as bolas, dá um problema de tesão.

FIDELIDADE

Catarina só se sentiria em casa após a mudança de país quando fosse reconhecida nos estabelecimentos que frequentava. Isso tinha um gostinho de *interioramento* para ela que valia mais do que fazer novos amigos, mapear a região ou se destacar no ambiente de trabalho.

Dizia, aos poucos que a ouviam, que alugar o apartamento e contratar a TV por assinatura com o combo internet e telefone era bico, no limite, coisa de amador; difícil era reunir na carteira os cartões fidelidade dos supermercados, mercadinhos, Picard, lojas de conveniência, rôtisseries e boulangeries.

Inclusive, tinha o pôster, assistia e decorava os diálogos do filme *Amor sem Escalas*, protagonizado por George Clooney, por sinal, emblema do tipo de homem que ela apreciava. Porém, a considerar sua obsessão pelos cartões rubi, platinum, infinity, deve ter entendido uns vinte por cento da moral da história.

Aqueles cartões, para ela, traziam conforto, reconhecimento e status, além de excelentes descontos. Do ponto de vista comercial, Catarina se sentia crescendo junto com a marca, do ponto de vista afetivo, alguém sabia a sua importância, a tratava com a atenção desejada e quanto mais o pedaço de plástico escurecesse e brilhasse, mais sorrisos ela ganharia.

E quando o telefone definitivamente já tinha sido sepultado e da carteira saltavam retângulos amórficos, Catarina se cadastrou em um site de relacionamentos. Fez questão de pagar o primeiro jantar com o seu vale "a cada dez, um de graça", sem suspeitar que aquela obsessão despertara um pé atrás no charmoso acompanhante.

PIGALLE 125

Só foi às vias de fato no décimo quinto encontro. Um cara muitos anos mais velho, beirando a paternidade e voraz nos desejos. Ela gostou. Algo ali a tirava da sua zona de conforto. Encontraram-se mais algumas vezes em um hotel de uma rede de que Catarina colecionava pontos e, por conseguinte, diárias gratuitas. Nunca ocorreu ao homem a curiosidade de como ela pagava pelas noites e nunca ocorreu a Catarina contar.

A bem da verdade, Catarina também participava do programa de fidelidade do site de encontros. Nesse caso, quanto mais encontros mais pontos, quanto mais encontros que minimamente dessem certo, mais e mais pontos elevando-a a uma categoria diferenciada dentro do site com mais opções de encontros exclusivos. Ela os esbanjava como fogos de artifício, e agora passara dos sorrisos corteses recebidos nos balcões dos estabelecimentos para a pronúncia exaltada do seu nome.

Certo dia, o homem, também um platinum, que nunca revelou sua verdadeira identidade e sua ocupação, alegando serem detalhes formais ultrapassados, pediu que Catarina mudasse um pouco a posição para que ele pudesse alcançar o orgasmo. Ela nunca tinha experimentado uma penetração daquela forma e fúria e sentiu-se num misto de prazer e vergonha; e vergonha e prazer.

À noite, sozinha em seu apartamento limpou o sangue do vestido. Falava em voz alta que não tinha sido nada demais. Só prazer. Só experimentação! E voltou a vê-lo. O silêncio cordial do homem relutava com suas manias dentro do quarto. Ela o deixava livre, entregando-se a um sexo dolorido, estranho, mas lá no fundo e ela dizia isso em voz alta, à noite no seu apartamento, prazeroso.

Aos poucos substituíram o quarto de tom cinza levemente azulado e sem atrativos pelo apartamento de Catarina, que dispunha de decoração Ikea. Ele espalhou a sua presença, deixando poucas brechas para Catarina. Quando ele não estava — saía com frequência e retornava embolorado de substâncias aborrecíeis —, ela, a seu mando, se tocava. Aprendera a técnica e a mecanicidade da coisa. Ao ranger da porta, ela já estava pronta para ser possuída.

Quando ele não trazia sanduíches da rua, ela alimentava-se do menu do dia no avermelhado bistrô ao lado da sua casa. O restaurante não dispunha do sistema de pontos. Mas quem quer pontos quando tem amor, carinho, companhia e prazer?

Sua fidelidade passou dos cartões para o homem (um ser real) e aos poucos, a reclusão se fez, sempre à justificativa de um prazer bestial. Às vezes sentia falta de ar, às vezes, formigamento, contudo guardava para si, num potinho da dispensa de descontentamentos. Como com ele era sempre muito bom; ela se esforçava para apagar a insistente luz amarela que acendia indicando perigo iminente.

A inquietude apossou-se de Catarina, a morena, esbelta, inteligente que outrora confundira as marcas com as pessoas. Ele começou a trancá-la em casa. Justificou a medida assegurando os altos índices de criminalidade. Deixava comida e desaparecia por longas horas e, para desespero dela, por intermináveis noites adentro, sempre resguardando o seu silêncio cortês como justificativa.

Em uma de suas repentinas voltas para casa (de Catarina), trouxe um amigo, desses em que se vê de imediato a falta de caráter. Pediu-lhe que o tratasse bem e deixou-os a sós, inventando buscar uma roupa na lavanderia. O coração foi o primeiro a martelar o medo, a luz amarela cantou vermelha, lembrou-se do pedido de seu amante e teve a vontade coercitiva de agradar. Falou consigo mesma, sussurrando ao íntimo, só mais uma experiência, não é nada, não é nada, só mais uma experiência.

E foi na ilusão de verdade da sua mente, que teve o corpo despido, o pescoço beijado e a intimidade destroçada. Limpou-se imediatamente enquanto pedia que ele se fosse.

Puxando um cigarro ele tossiu que estavam *chaveados*. Um gole de conhaque desceu seco.

Catarina catalisava tormentas, aflições e ansiedades. Ela que tinha um grande futuro em seu passado tinha o peito doído e a companhia intermitente de homens que passaram a colecioná-la em seus cartões de fidelidade.

VENTO

Outro dia vi o vento levar ao chão uma barraca de verduras e a energia do vendedor. Posicionada no meio-fio faltava-lhe alvará de funcionamento e fiscalização sanitária. Seu dono tinha medo da polícia, que a depender do clima rondava as ruas perto da Gare Saint-Lazare.

Menos sorte teve o autônomo à sua frente, que distraído na alegria dos transeuntes, teve a polícia em seu encalço e, sob a justificativa da falta de documentos, levado por outro tipo de vento, a mercadoria apreendida.

Foi rápido e gravou vídeo. Santa tecnologia que pode erupcionar com força de horário nobre. Suas súplicas por sobrevivência e o mínimo de dinheiro viralizaram e o vento levou o panfleto para a frente do Panteão por coletivos "Coletes Pretos", que apoiam os imigrantes em condição clandestina.

Massificados e despersonificados querem o que todos queremos: dignidade. O segundo passo depois do acolhimento. Escolheram o lugar certo para manifestar: o Panteão é um símbolo dos grandes homens. No interior, há imagens da luta contra a escravidão.

E eles estão lutando contra a escravidão do Terceiro Milênio. Vindos do Marrocos, Tunísia, Argélia, Camarões e Senegal, seus países só se fazem presentes quando estão nas propagandas do metrô: férias paradisíacas nas praias do Marrocos e aventuras exóticas no Parque Nacional Waza, em Camarões.

Santa propaganda que ventila experiências plásticas, afugentando qualquer tipo de parábola por trás das areias brancas. Mas nem toda areia é quietinha, há as que se juntam ao Simum, um vento quente que deriva do deserto do Saara com força para transformar céu azul em névoa marrom-leitosa, insalubrar o ar e prejudicar a saúde.

Geralmente viaja milhares de quilômetros através do Oceano Atlântico para as Américas, mas parece que esse ano alastrou-se pelo mundo e enquanto o vento estira-se em uma espreguiçadeira à beira--mar, a fumaça espessa reduz drasticamente a visibilidade de nosso futuro globalista.

FELICIDADE DIVINA

De batismo: Josué Raimundo Carreira Soares Filho e Silva. O nome já indicava que brevidades nunca lhe cairiam bem. Os cotovelos o ajudavam e as ideias respiravam em cilindradas. Sempre que se reunia com os amigos para jogar futebol perseguia o cargo de juiz ou capitão, e utilizava qualquer pretexto — uma cobrança de lateral — para discorrer.

Foi uma tia de segundo ou terceiro grau que lhe incrustou as palavras divinas e o poder da oração na boca. Por um tempo, Josué Raimundo Carreira Soares Filho e Silva viveu o auge da felicidade: recebera seu certificado de pastor júnior e podia falar à vontade, sem ser interrompido, por longuíssimos períodos de tempo.

Tanta felicidade logo o enfadou. Queria um público maior, gostava de contato humano e de certa forma, sentia que podia mais, enfim lá naquela igreja estava polido em um único público. Foi aí que a mesa de bilhar trouxe uma solução. Seu público estava lá, naquele bar de esquina, nas mesas pequenas e mancas, divididas entre copos de pinga e cerveja e porções de amendoim, nas ruas *desasfaltadas*, nos comércios desesperados, apertados e sobreviventes da região. E eles queriam falar com ele, e ele queria falar com eles.

Contrariando seus impulsos, madrugou. Achava que à tarde a prédica tinha mais efeito, inclusive para sua voz. Achou um ponto, subiu uma tenda, sinalizou pessoas e carros, e utilizando um poste de luz e um semáforo, estendeu uma faixa branca escrita à mão: "Drive-thru de oração e bênção."

Em poucos dias, a fila dobrava a esquina. Ele falava, falava, falava. Alguns ouviam, outros recebiam as bênçãos, alguns oravam. Estipulou horários, fez regras. Você pedia antes, recebia depois. A tia veio participar. O negócio cresceu — em dias de chuva, a videoconferência fazia sua parte — e com ele os fiéis, cada vez mais esperançosos, encontraram de modo rápido e prático, cada um à sua maneira, o conforto e a felicidade junto com Josué Raimundo Carreira Soares Filho e Silva.

RUE DE VINTIMILLE

Com um único salto desço seis andares de escada, faço uma curva fechada à esquerda, ando alguns metros e em seguida viro novamente à esquerda.

Pronto: cheguei à rue de Vintimille.

Nessa pequena rua acontece um dos milagres da geografia de Paris. É possível em uma viradela de pescoço contemplar a Sacré-Cœur do lado direito, monitorar lentamente os acontecimentos do bistrô da esquina, passar pelo pula-criança-pula da praça Hector Berlioz, esmerar-se com uma variedade de prédios Haussmanns, bater o olho no quinto andar de um deles, onde mora um ilustre trovador de óperas de Giuseppe Verdi e Georges Bizet, que todos os dias, às cinco da tarde em ponto, solta a voz de sua varanda por cinco minutos; e no final do cento e oitenta extasiar-se com a obra máxima da Exposição Universal de 1889, la tour Eiffel.

Quando dou por mim, estou parado em frente a um Haussmann com o pescoço *engirafado* ouvindo ópera, contemplando o amor à direita e a ciência à esquerda. E depois de uma grande ária junto-me à multidão para bradar *Bravo, Bravo, Bravo*!

Trata-se de um genuíno sucesso de crítica e público.

FABRICE & CHLOÉ

Às cinco da tarde em ponto, Fabrice abria as persianas de seu apartamento e amplificava a sua lírica voz pela rua de Vintimille. Cantava um *libreto*, era aplaudido pelo público da calçada, falava do compositor, o porquê da escolha e um pouco envergonhado voltava a fechar as persianas.

Alguns sabiam estar diante do grande Fabrice Durand, o tenor dos tenores, alçado à fama internacional pelo seu desempenho épico do personagem de Alfredo Germont em *La Traviata*, de Giuseppe Verdi.

Outros não sabiam, como também não sabiam da importância da respiração para dar mais potência à voz ou dos anos de treino para conseguir um desempenho *magnifique*. Mas não importava, quem sabia, sabia, e admirava. Quem não sabia, não sabia; e admirava também.

O seu teatro era a rue de Vintimille para um público preso em casa por causa de um vírus terrível que pôs todos em uma eterna vigília; que por um lado trouxe luz a pensamentos ocultos, reorganizou famílias, modelos de trabalho e o uso da habitação. Redefiniu, ainda, a importância do jornalismo sério contra as *Fake News*, a cultura como entretenimento necessário para a civilização e a ciência contra o obscurantismo. E por outro, trouxe aflições, ansiedade e buracos negros econômicos.

Fabrice usava sua voz para acalentar os espíritos cansados, reforçando o poder da arte — qualquer arte — recordando a memória de compositores antigos que ainda hoje trazem música e poesia para o nosso cotidiano.

No lado ímpar da pequena rua, no quarto andar de um prédio, que ficava em cima de uma charmosa *fromagerie*, cultivada por um sorridente casal octogenário, estava Chloé, que ouvia e via a teatral performance do tenor dos tenores.

Com um lenço branco de linho, limpava furtivas lágrimas, que a intensidade de Fabrice levava a sua imaginação e esta, a seus olhos. Por quarenta dias o tenor entonou seu canto, por quarenta dias, ela se trajou especialmente para a ocasião. E eles se olhavam, é claro. Mas às vezes, uma rua é uma estrada. E uma janela uma vista para um vale.

Chloé tinha uns vinte anos a menos que ele, pelo menos em idade, porque se o assunto fosse maturidade, provavelmente ela teria uns trinta a mais. Mas não importava, estavam apaixonados desde o primeiro dia em que Fabrice abriu aquelas persianas brancas vestindo um smoking de lapela aveludada e dispôs seu coração e ternura para aqueles estranhos que passavam pelo meio-fio.

Após dias que se misturavam à noite, finalmente anunciaram que o dia seguinte seria o último antes de um desconfinamento organizado para que se evitasse o contágio e a propagação da praga.

Chloé afligiu e, romântica, teve febre só de pensar que seria a última vez que veria Fabrice. Tinham trocado além de olhares, tímidos acenos de dedos. Fabrice ao contrário, herói de suas óperas, tinha tudo ensaiado. Naquele final de tarde começou agradecendo o público cativo, a equipe de reportagem que começara a acompanhar as apresentações e discursou que todos ali eram vitoriosos. Que aqueles meses de confinamento fazia de todos heróis! Pediu que o público comparecesse à ópera de Paris com mais frequência, onde ele fazia parte do corpo artístico. Fez majestoso silêncio e disse ter preparado algo diferente para aquele dia especial.

E em vez de Verdi ou Bizet, cantou *We are the Champions*. O público foi ao delírio. E ao *bravo* somou-se o *bis, bis, bis*. Ele respirou fundo e disse que sim, mas só se a fascinante donzela de cachos dourados escolhesse a música.

O público encantado olhou para ela, que roxa, disse que escolheria, se pudesse ao seu lado cantar. Ele enrubescido concordou. E ela como uma princesa, em seu vestido azul-claro, atravessou a rua ao som de gostosos aplausos.

Momentos depois, os dois apareceram radiantes na varanda. Fizeram suspense. Deram as mãos e cantaram *We are the World*.

AGRADECIMENTOS

Aos restaurantes Balls, Flesh, Pink Mamma e Frenchie Pigalle pelas saborosas refeições.

Ao quiosque libanês embaixo do prédio. Salvou sempre que a fome nos pegou desprevenidos.

Às boulangeries Delmontel, Cypriane (o pão de nozes é divino) e, principalmente a baguete quentinha da Aux Delices du Molin.

Aos museus de la Vie Romantique, d'Orsay, e à agradável descoberta Jacquemart-André.

Ao parque Monceau e à floricultura de mesmo nome. Flores alegram.

Aos nossos vizinhos Thiago e Janin, que trouxeram carinho e sorrisos durante os longuíssimos dias de confinamento. E depois uma amizade forte, íntima e verdadeira. Além do melhor bacalhau com batatas, cafés da tarde e sobremesas como o brownie com frutas vermelhas.

E lógico, à minha mulher, que se aventurou na festa de Paris comigo. E eu com ela.

Este livro foi impresso nas oficinas gráficas da Editora Vozes Ltda.,
Rua Frei Luís, 100 – Petrópolis, RJ.